HUESOS EN SILENCIO

LOS MISTERIOS DE LA DETECTIVE KAY HUNTER

RACHEL AMPHLETT

CAPÍTULO 1

Spencer White le dio una última calada al cigarrillo, tiró la colilla a la alcantarilla y cerró de golpe la puerta trasera de su furgoneta.

Un espasmo muscular le agarrotó la base de la columna mientras se inclinaba para recoger su caja de herramientas. Siseó entre dientes, expulsando lo último del humo cargado de nicotina.

La escarcha tardía brillaba en el pavimento donde los débiles rayos del sol no alcanzaban las sombras, y un viento cortante tiraba del cuello de su abrigo impermeable. Nubes de lluvia amenazaban en el horizonte, y se estremeció.

Cargando el peso de una escalera de aluminio sobre un brazo, y la caja de herramientas agarrada con la otra mano, esperó hasta que un autobús de un solo piso pasó disparado por la concurrida calle de Maidstone y luego cruzó apresuradamente hacia el edificio de oficinas recién renovado.

Se había alegrado por la llamada de trabajo. Las obras de remodelación en el centro de la ciudad habían llegado a su fin natural, y la cantidad de trabajo que hacía semanalmente comenzaba a volver a sus niveles anteriores una vez que los meses de invierno se habían instalado y los calurosos meses de verano se desvanecían de los recuerdos de la población local.

Miró hacia la fachada del edificio, entrecerrando los ojos contra la luz del sol bajo de la mañana.

Lo que antes era un antiguo banco, ahora albergaba una empresa de software en su mampostería de piedra arenisca. Recordó la cantidad de horas que había pasado trabajando hasta tarde durante el verano, mientras el gerente de construcción de la remodelación hacía malabares con la finalización del aire acondicionado por conductos junto con el cableado eléctrico crítico que era el centro del negocio.

No era frecuente que le pidieran volver una vez que se había alcanzado la finalización práctica. La mayor parte de sus ingresos se generaba a través del servicio diario de sistemas existentes. Spencer se enorgullecía de la calidad de su trabajo y el de sus empleados, pero aceptaba que de vez en cuando podía surgir una anomalía y haría todo lo posible para asegurarse de que el problema se solucionara lo antes posible.

Apoyó la escalera contra el marco de piedra de la puerta y presionó el botón en el panel de seguridad a su derecha. A través del cristal, una cabeza se asomó desde detrás del mostrador de recepción y un zumbido llegó a sus oídos. La recepcionista empujó su silla hacia atrás y se acercó a las puertas dobles, sonriendo mientras abría un lado.

—Gracias —dijo Spencer.

—No hay problema. Me alegro de que haya podido venir tan rápido. —Arrugó la nariz, resaltando sus pecas—. Está muy bien trabajar en un lugar elegante como este, pero no cuando está mal ventilado. No es como si pudiéramos abrir la ventana o algo así.

Spencer sonrió mientras recogía la escalera y esperaba mientras ella dejaba que la puerta se cerrara.

Se había sorprendido cuando vio los planos del arquitecto para la remodelación del banco: en lugar de introducir ventanas que pudieran abrirse ahora que el antiguo uso del edificio ya no existía, se había instalado aire acondicionado de ciclo inverso y las ventanas se habían sellado de nuevo para evitar posibles robos.

Se dio cuenta de que era el sustento de su negocio, pero sabía que no podría enfrentarse a trabajar en un ambiente tan cerrado.

Parecía que los empleados de la empresa de software estaban descubriendo lo mismo por sí mismos.

—¿Estoy en lo cierto al pensar que el conducto principal para el cableado está en el área de comedor de la planta baja? —dijo.

—Eso es lo que me dijo Marcus, nuestro gerente de operaciones. Por cierto, soy Gemma. Me imagino que este lugar se ve muy diferente de cuando lo vio por última vez.

Echó un vistazo a las paredes pintadas de colores brillantes y al arte modernista que representaba formas y colores pero ninguna forma real. —Solo un poco.

—Deme dos segundos. Necesito que alguien atienda los teléfonos por mí, y luego le mostraré el lugar. Regístrese y tome uno de esos pases de visitante.

Spencer apoyó la escalera contra el mostrador de recepción y colocó la caja de herramientas a sus pies, luego extendió la mano hacia el libro de visitas y garabateó su nombre en el espacio proporcionado mientras Gemma levantaba el teléfono y hablaba con un colega en voz baja.

Colgó el auricular con una sonrisa en su rostro. —Bien, todo arreglado. Los teléfonos están desviados así que no tengo que preocuparme por ellos. Vamos, espero que pueda arreglar esto rápidamente. No creo que pueda soportar una llamada más del piso superior quejándose de esto.

Sus tacones resonaron en el brillo del suelo de baldosas antes de que sostuviera abierta una puerta de madera maciza y se hiciera a un lado para dejarlo pasar.

Mientras los ojos de Spencer se adaptaban del brillo del área de recepción a los tonos suaves del entorno de trabajo de la empresa de software, no pudo evitar sentir que la gran sala ahora parecía abarrotada: había tantos grupos de escritorios y sillas que era difícil recordar el enorme espacio en el que había trabajado durante el verano.

Incluso los techos altos habían sido rebajados y disfrazados por baldosas acústicas que ocultaban el laberinto de cables del que él mismo había sido en parte responsable.

Oyó un suave susurro cuando la puerta se cerró

detrás de él, y luego Gemma hizo un gesto hacia un área abierta más allá.

Un brisa de granos de café tostándose tentó sus sentidos mientras se abrían paso por el perímetro antes de avanzar hacia un espacio en el medio que incluía una pequeña cocina y un área de asientos donde los empleados podían tomar un descanso. Spencer trató de ignorar el dulce aroma de los donuts frescos para evitar que su estómago rugiera en protesta, y reprimió una sonrisa al ver la máquina de café de última generación. Su esposa le había estado molestando por una como esa, pero él no le veía sentido gastar tanto dinero cuando solo costaba un par de libras un frasco del supermercado.

Ocho hombres y mujeres deambulaban, charlando entre ellos en voz baja mientras abrían puertas de refrigeradores, buscaban cartones de leche y repartían platos y tazas de porcelana.

—Mal momento, me temo —dijo Gemma—. Los que vienen temprano suelen tomar un descanso para el café y comer algo a esta hora.

—No pasa nada —dijo Spencer—. Solo necesitaré abrir uno de los paneles del techo para empezar. Pondré un par de sillas para bloquear el acceso. No tiene sentido molestar a todos hasta que descubra cuál es el problema.

Notó que sus hombros se relajaban un momento antes de que ella dejara escapar un suspiro que no se había dado cuenta de que estaba conteniendo.

—Oh, eso es genial. Gracias, esperaba algunos problemas de esta gente si tenía que decirles que se apartaran. ¿Quiere un café o algo mientras trabaja?

—Me encantaría un café, gracias. Con leche y dos de azúcar.

Spencer apoyó la escalera contra una de las mesas de fórmica que estaban distribuidas por el área y luego giró tres de las sillas. Abrió su caja de herramientas y sacó los planos del cableado del aire acondicionado que su esposa había impreso para él esa mañana, antes de mirar al techo para orientarse.

—Aquí tiene.

Se giró al oír la voz de Gemma y luego extendió la mano para coger la taza humeante de café que le pasaba. —Gracias. Ahora vuelva detrás de las sillas.

Le guiñó un ojo y esperó hasta que ella se uniera a sus colegas en una mesa a dos escritorios de distancia, luego volvió su atención a los planos mientras daba un sorbo a su bebida.

Satisfecho de haber encontrado el panel correcto, colocó la taza de café en la mesa y luego se inclinó hacia su caja de herramientas, concentrado en la tarea que tenía entre manos.

Silbaba en voz baja mientras trabajaba; una melodía que había estado sonando en la radio esa mañana cuando los niños se preparaban para la escuela, su hija menor molestando a su hermana al bailar cantando el actual éxito musical a todo pulmón, y ahora se le había quedado pegada en la cabeza.

Spencer se enderezó e ignoró las miradas curiosas del personal que desayunaba. Necesitaba concentrarse; encontrar la falla, arreglarla con el menor alboroto posible e intentar asegurarse de que cualquier cosa que estuviera mal no afectara su ganancia en el trabajo original.

Acercó la escalera, colocó las herramientas sobre la mesa y luego subió los primeros cuatro peldaños y presionó las palmas contra la placa acústica.

Se mantuvo firme, negándose a separarse de la delgada tira de aluminio contra la que estaba apoyada.

Spencer hizo una mueca, reposicionó sus manos y empujó de nuevo.

La escalera se tambaleó bajo su peso, haciendo que su corazón se acelerara antes de mirar hacia abajo.

—Espere, la sujetaré.

Uno de los hombres empujó su silla lejos de la mesa lejana y se apresuró, colocando su pie en la base.

—Gracias.

—No hay problema. Son unos locos con la salud y la seguridad aquí, así que no nos haría ningún bien quedarnos sentados viéndolo caer.

Dio una sonrisa pícara, y Spencer puso los ojos en blanco.

—Pensaría que con todo el dinero que gastaron en este lugar, se habrían asegurado de que el suelo estuviera nivelado aquí abajo —dijo.

El hombre se rio, luego colocó una mano en el lado de la escalera mientras Spencer volvía su atención al techo.

Frunció el ceño, lanzando su mirada a través de los paneles a la izquierda y derecha del que necesitaba acceder, luego se preparó y empujó con fuerza.

Percibió un olor que emanaba de la grieta que apareció; un recordatorio de una rata muerta que había quedado encerrada en un cobertizo de jardín cuando era niño, y luego la placa acústica volvió a su lugar de golpe.

Maldijo, y el hombre debajo de él se rio entre dientes.

Spencer no dijo nada, y en su lugar colocó su pie derecho en el siguiente peldaño, se reposicionó y lo intentó de nuevo.

Su puño izquierdo desapareció a través del techo

una fracción de segundo antes de que un rugido lo envolviera cuando la placa se desintegró, destruyendo las dos a cada lado.

Se cayó de la escalera, un grito de alarma escapando de sus labios mientras caía hacia atrás sobre el hombre debajo en una lluvia de polvo y placas rotas.

Spencer gruñó cuando el aire fue expulsado de sus pulmones en el momento en que sus hombros golpearon el suelo de linóleo, y luego un peso pesado rebotó sobre sus piernas antes de caer.

Se quedó quieto por un momento, flexionando sus dedos de las manos y los pies, asegurándose de que no se había hecho daño grave y luego tosió para limpiar el polvo blanco y pegajoso de su boca y pulmones. Parpadeó, frotándose los ojos con el dorso de la mano y se preguntó por qué le zumbaban los oídos.

Mientras se sentaba, tragó saliva.

Su audición estaba bien, pero dos de las mujeres que habían estado en la cocina cuando llegó estaban de pie, olvidadas su comida y bebidas.

Una sostenía a Gemma, cuya máscara de pestañas se había corrido dejando manchas en sus mejillas.

Todas estaban gritando.

Spencer se giró, pensando que su asistente no

oficial se había lesionado, pero cuando se volvió el hombre ya estaba de pie, con los ojos muy abiertos y su rostro palideciendo hasta un gris enfermizo.

—¿Está bien? —dijo Spencer.

—Creo que voy a vomitar —fue la respuesta. Señaló detrás de Spencer.

Spencer miró por encima de su hombro, y luego se alejó tan rápido como sus manos y pies le permitieron, tratando de poner tanta distancia como fuera posible entre él y la cosa que yacía desplomada junto a su escalera.

Mientras su cerebro comenzaba a asimilar lo que estaba viendo y luchaba por evitar que la bilis escapara de sus labios, todo lo que podía recordar era que no debería estar aquí, no debería estar tirado en el suelo así, y necesitaba alejarse de ello.

Los gritos de las mujeres se habían convertido en sollozos histéricos mientras más y más personal se apresuraba desde sus escritorios para averiguar qué estaba pasando.

La voz de Gemma llegó a Spencer mientras se agarraba al respaldo de una silla y se ponía de pie con dificultad.

—¿Por qué había un hombre muerto en el techo?

CAPÍTULO 2

—Amuleto de la suerte —dijo Gavin Piper, y guio el camino a lo largo de la acera y hacia Gabriel's Hill.

—¿Qué? —La inspectora Kay Hunter se cerró la cremallera del polar antes de apresurarse para alcanzar al agente que mantenía un ritmo rápido sobre la superficie irregular—. Y baja la velocidad, ¿quieres? Sé que estos adoquines han sido reemplazados, pero todavía está condenadamente resbaladizo.

Gavin se detuvo para dejar pasar a un grupo de adolescentes, y luego continuó. —Amuleto de la suerte. Hace unos cientos de años, solían meter un gato en la pared de un edificio antes de sellarlo como una forma de ahuyentar a los espíritus malignos. Es como eso, ¿no? Estaba momificado.

—No creo que nuestra víctima fuera puesta allí para la suerte, Piper. —Kay reprimió un escalofrío cuando llegaron a la cima de la colina—. No hay que adivinar cuál edificio es nuestra escena del crimen.

En diagonal a donde estaban, dos coches patrulla y una ambulancia abrazaban la acera mientras un coche plateado de cuatro puertas había sido estacionado descuidadamente, cubriendo la mitad de la acera. Un agente uniformado llamado Toby Edwards dirigía a una pareja de ancianos lejos de la cinta azul y blanca de la escena del crimen que ondeaba en una brisa fría mientras Kay y Gavin se acercaban.

—Lucas llegó rápido —dijo ella, mirando el coche plateado.

—Al parecer ya estaba en la ciudad. Una conferencia en el Marriott o algo así.

El patólogo de la Oficina Central habría sido convocado por los primeros en responder, y Kay se alegró de tenerlo en el lugar para escuchar sus pensamientos iniciales sobre el inusual hallazgo.

Una furgoneta gris se detuvo junto al bordillo detrás del coche plateado, y cuatro figuras emergieron antes de ponerse ropa protectora y recoger una serie de cajas de colores de la furgoneta.

Kay saludó con un gesto a la más baja de las

cuatro figuras y siguió a Gavin hasta donde Harriet Baker dividía a su pequeño equipo y los enviaba hacia el edificio.

—Buenos días, Kay. —La investigadora de la escena del crimen estrechó la mano de ambos y bajó la voz—. He oído que tenemos un caso extraño esta mañana.

—Eso parece. Gavin y yo íbamos de camino. —Kay se encogió de hombros—. Estaba en la central cuando llegó la llamada, así que probablemente sepa tanto como tú en este momento.

—¿Estaba momificado, he oído?

—Sí. Lucas está aquí.

—Ah, bien. Siempre es útil cuando un patólogo puede ver un cuerpo in situ. —Harriet se giró y recogió una caja de equipo del hueco de los pies del asiento del copiloto de la furgoneta. Cerró el vehículo y luego sacó un par de guantes protectores, poniéndoselos en los dedos—. Será mejor que me ponga manos a la obra.

—Nos vemos dentro.

Kay se hizo a un lado mientras Harriet pasaba rápidamente y luego entrecerró los ojos cuando una figura familiar se apresuró hacia la cinta, con su atención en el bolso abierto colgado sobre un hombro. Llamó al policía—. Edwards, asegúrate de que

Jonathan Aspley no hable con ninguno de los testigos, ¿de acuerdo?

—Lo haré, jefa.

El reportero del *Kentish Times* sacó un móvil de su bolsillo, su mirada encontrándose con la de Kay mientras se acercaba, luego sus hombros se hundieron cuando vio a Edwards aproximándose.

—¡Oh, vamos, Hunter!

Ella levantó una mano—. No, Jonathan. Más tarde. Asegúrate de estar en la central a las cinco de la tarde. El comisario Sharp está organizando una rueda de prensa. Deberías recibir un correo electrónico dentro de una hora. Mientras tanto, deja que mi equipo haga su trabajo.

Se dio la vuelta antes de que él pudiera protestar más—. ¿Han terminado los paramédicos?

—Todavía están con una de las empleadas —dijo Edwards—. Es asmática y estaban preocupados por el efecto del shock en ella.

—Está bien. Extiende el cordón un largo de coche más allá de la ambulancia y pon algunas barreras en la acera para darnos algo de privacidad. —Miró hacia el edificio de enfrente, su labio superior curvándose al ver a varios trabajadores de oficina curiosos en las ventanas, con móviles en mano—. Y por el amor de Dios, envía a un par de agentes allí para decirles a esos que se ocupen de sus asuntos.

—Sí, jefa.

Edwards se alejó apresuradamente, ladrando órdenes a sus colegas y transmitiendo las instrucciones de Kay.

Kay se movió para poder ver más allá de Gavin y hacia abajo por la calle principal en dirección al antiguo Ayuntamiento. A lo largo de la acera a cada lado de la Plaza del Mercado, la gente se detenía y miraba. Una mezcla de miradas curiosas y rostros abiertamente ansiosos la recibieron, y sabía por experiencia que solo sería cuestión de tiempo antes de que comenzara a reunirse una multitud, especialmente si los trabajadores de oficina de enfrente ya habían logrado filmar algo de interés y subirlo a las redes sociales.

Si no manejaban la situación adecuadamente, el centro de la ciudad pronto se reduciría a un embotellamiento.

El sonido de pasos apresurados volvió a llamar su atención hacia el perímetro acordonado, justo a tiempo para ver a cuatro agentes uniformados correr a través de la calle y entrar en el edificio.

—Al menos no han captado el cuerpo en cámara —murmuró Gavin.

—Menos mal. ¿Quién tiene el portapapeles, Debbie? —dijo Kay, llamando a una agente que estaba en la entrada de las instalaciones de la empresa de software, a varios metros de donde estaban.

—Aaron, jefa —dijo Debbie—. Ha tenido que ayudar al sargento Hughes con la barrera. No tardará un minuto.

A pesar de su impaciencia por querer entrar en la escena del crimen, ni siquiera el rango de Kay la pondría en buena posición si rompía el protocolo y levantaba la cinta que se extendía entre una farola y un desagüe atornillado a la mampostería de piedra arenisca.

—¿Qué más sabemos sobre los eventos de esta mañana? —le dijo a Gavin, bajando la barbilla hasta que sintió la suave tela de su chaqueta, luego exhalando para crear un cálido capullo de aire para contrarrestar el frío de la mañana.

—Nadie sabía que el cuerpo estaba allí hasta que cayó a través del techo, jefa. Al parecer, se informó de un fallo en el aire acondicionado por conductos la semana pasada y el tipo que lo instaló, Spencer White, no pudo venir hasta hoy.

—¿Qué tipo de fallo? —dijo Kay.

—El sistema se averió. No circulaba aire por el edificio en absoluto. Al ser un banco antiguo, y dado el tráfico que pasa por aquí todos los días, las ventanas no se pueden abrir: son de doble cristal y están selladas. Alguien decidió subir la temperatura la semana pasada después de que tuviéramos ese frío repentino, y todo se detuvo.

—Maldita sea. Entonces, ¿alguien sabe cuánto tiempo llevaba allí arriba?

Gavin negó con la cabeza—. No, pero las placas acústicas se instalaron hacia el final de las obras de remodelación del edificio, así que no estaba allí antes de eso…

Se interrumpió y levantó la barbilla por encima del hombro de Kay.

Al girarse, vio a Aaron Baxter acercándose, con un portapapeles en la mano.

—Lo siento, jefa. Es un caos en este momento.

—No hay problema —dijo Kay—. Lo principal es que estás manteniendo una buena escena del crimen, así que no te preocupes por hacernos esperar.

El policía logró sonreír mientras recuperaba el papeleo firmado de Gavin—. Gracias, jefa.

Kay se agachó bajo la cinta que Aaron sostenía en alto, esperó a que Gavin se uniera a ella y luego tomó un conjunto de trajes protectores de Patrick, uno de los asistentes de Harriet, y se puso los cubrezapatos y los guantes que él le ofrecía.

Una vez debidamente vestida, siguió a Gavin hasta la puerta principal del edificio, notando con alivio que las barreras habían sido erigidas y los curiosos ahora se alejaban del edificio de oficinas de enfrente.

Las puertas dobles del antiguo banco habían sido apuntaladas y cuando Kay entró, un débil sonido de llanto llegó a sus oídos.

Una joven, de no más de veinte años, estaba sentada en uno de los sillones de cuero en el área de recepción, con un pañuelo de papel apretado en el puño mientras una compañera intentaba calmarla.

Debbie se acercó al lado de Kay y Gavin. —Gemma Tyson —dijo en voz baja—. Recepcionista. Estaba presente cuando se descubrió a la víctima.

Kay asintió en agradecimiento, luego se dirigió hacia las puertas que, según dedujo, conducían a las entrañas del edificio. —Hablaremos brevemente con ella al salir.

Gavin asintió en señal de comprensión, luego hizo una pausa al entrar en la oficina de planta abierta. —Maldita sea.

El espacio central que servía como centro de trabajo de la empresa de software bullía de gente.

Un grupo de una docena de oficiales uniformados deambulaba por la sala. Habían dividido a los empleados en pequeños grupos para obtener declaraciones de testigos y asegurarse de que se confiscaran los teléfonos móviles hasta que se eliminaran las fotografías y se comunicaran las reglas básicas sobre las redes sociales.

Un aire de conmoción impregnaba el ambiente, teñido con un oscuro matiz de incredulidad ante la repentina aparición del cuerpo momificado.

Mientras se dirigían hacia el área de la cocina y el equipo de investigadores de la escena del crimen de Harriet, que comenzaba a procesar las pruebas, Kay luchó contra el impulso de entrar en pánico ante la gran cantidad de personas presentes.

En cuanto a escenas del crimen, esta iba a ser una de las más difíciles de manejar y pondría a prueba las habilidades de su equipo al límite.

—¿Qué les hizo sospechar que se trataba de un homicidio? —dijo.

—Una maldita abolladura enorme en el lado de su cráneo —dijo Gavin—. Se podría decir que es algo obvio, jefa.

Kay gruñó y pasó junto a uno de los asistentes de Harriet. —Tienes que dejar de pasar tanto tiempo con Barnes, Piper. Es una mala influencia.

CAPÍTULO 3

El recién nombrado oficial de policía de Kay tenía fama por su sentido del humor, pero Ian Barnes era una parte integral de su equipo y, a pesar de sus palabras, ella sabía que podía mostrar brevedad y profesionalismo cuando era necesario.

En ese momento, llevaba puesto un traje de protección y estaba rodeado de personas en diversos estados de preparación.

Los investigadores de la escena del crimen se movían alrededor de donde el cadáver momificado había caído a través del techo, mientras se establecía un tercer cordón policial más cerca del cuerpo.

Barnes levantó la vista de sus notas, saludó a Kay y Gavin con un gesto de cabeza, y luego dirigió su atención a una joven agente uniformada y su colega antes de señalar hacia el extremo de la sala.

Los dos policías se pusieron en acción, dejando a Barnes hablando con un hombre alto de traje que se pasaba repetidamente la mano por el pelo mientras escuchaba.

—¿Quién es él? —dijo Kay.

—El director general, jefa —dijo Debbie—. Trabaja en el piso de arriba. En la habitación de arriba, para ser más precisos.

—¿También han acordonado esa zona?

—Sí. Dos del equipo de Harriet subieron allí cuando llegaron, y tenemos gente hablando con los empleados de ese piso también. Pensamos que sería mejor hacerlo allí para mantenerlos alejados de todo esto.

Sillas de plástico yacían esparcidas sobre las baldosas de linóleo, empujadas hacia atrás por los miembros del personal que intentaban abandonar el área apresuradamente, y Kay recorrió con ojo experto la multitud reunida que se mezclaba junto a un dispensador de agua cerca de la pared del fondo.

—¿Alguien se fue? —dijo.

—No. Todos están presentes y contabilizados —dijo Debbie—. No dejaremos que nadie abandone la escena hasta que usted lo diga.

—Bien, gracias. ¿Cómo vas, Ian? —dijo Kay mientras se acercaba.

—Bien, jefa. Un momento.

Se volvió y habló con un agente uniformado, y luego se movió hacia donde Kay y Gavin estaban parados en el límite entre el espacio de oficinas y el área de descanso, con una expresión de disgusto nublando sus facciones una vez que estuvo cerca.

—Nunca había tenido uno como este —dijo con un estremecimiento—. Siempre hay una primera vez para todo, supongo.

—Parece que lo tienes todo bajo control.

Un sentimiento de orgullo invadió a Kay mientras hablaba.

La decisión de Barnes de solicitar el puesto de oficial había sido una sorpresa para ella y para otros. Había pasado el verano evitando la oportunidad, solo para cambiar de opinión en el último minuto en lugar de que un completo desconocido se uniera al equipo.

Kay se había sentido aliviada; le gustaba trabajar con el detective mayor, que se había convertido en un buen amigo además de colega, y alguien en quien podía confiar sin tener que preguntar.

Parecía estar prosperando con los desafíos que traía su papel, especialmente ahora.

Kay estiró el cuello, pero no pudo ver más allá de

los investigadores de la escena del crimen que ahora estaban agachados en el suelo entre las mesas. —¿Dónde está Lucas?

—Aquí.

Se dio la vuelta al oír la voz y se encontró cara a cara con el patólogo, su expresión cansada mientras se secaba las manos con una toalla de papel antes de colocarla en una bolsa y entregársela a un miembro del equipo de investigación de la escena del crimen que pasaba.

Se estrecharon las manos, y luego ella señaló el área debajo del agujero en el techo.

—¿Puedes decirme algo nuevo?

—La ola de calor que tuvimos en verano preservó el cuerpo —dijo Lucas, manteniendo la voz baja para evitar ser escuchado por el personal de la oficina que estaba siendo conducido desde el dispensador de agua hacia un grupo de escritorios—. Tengo entendido que estas baldosas acústicas se instalaron a finales de junio, así que quien escondió el cuerpo lo hizo entre entonces y cuando se alquiló el edificio a principios de octubre.

Gavin miró hacia el agujero que conducía a la cavidad del techo. —¿Cómo diablos se sube un cuerpo allí arriba? Se necesitaría más de una persona, ¿no?

—Parte del equipo de Harriet está arriba. Han empezado a desmontar la oficina sobre esta —dijo Lucas. Hizo un gesto a Harriet—. ¿Tienes un segundo?

—Si eres rápido —dijo la jefa de investigación de la escena del crimen.

—Iba a poner al día a Kay sobre lo que estás haciendo, pero pensé que tendría más sentido que ella lo escuchara de ti por si ya tenías más información —dijo Lucas.

—De acuerdo, sí. Estamos trabajando con dos teorías basadas en lo que hemos podido determinar al llegar. Una, que el cuerpo fue elevado hasta el techo desde aquí, o dos, que quien hizo esto puso el cuerpo en el suelo de la oficina de arriba —dijo Harriet—. No habría sido fácil empujar a nuestra víctima a través del techo, demasiado pesado para empezar, y no hay forma de asegurarlo allí hasta que se hubieran reemplazado las placas acústicas. Obviamente, podremos decirte más a medida que avancemos, pero me inclino a pensar que fue bajado desde el piso de arriba. A medida que el cuerpo se secó, se fue desplazando a través del suelo hasta que quedó apoyado sobre las placas acústicas y comprimió el suministro de las tuberías del aire acondicionado.

—Gracias. —Kay se volvió hacia Lucas—. ¿Sabemos si es hombre o mujer?

—Hombre, definitivamente. ¿Quieres echar un vistazo antes de que lo movamos?

—Será mejor que lo haga.

Si fuera sincera, Kay preferiría no inspeccionar el cuerpo momificado, pero sabía por experiencia que si se presentaba la oportunidad de ver un cuerpo donde había sido descubierto, a menudo le daría más información de la que obtendría leyendo el texto escueto de un informe, y en su nuevo papel como inspectora estaba decidida a liderar a su equipo con el ejemplo.

Si alguno de ellos la viera tomando atajos en una investigación, nunca se lo perdonaría.

—Ponte tu mascarilla —dijo Lucas—. No sabemos qué esporas podría estar emanando.

Kay hizo lo que le dijeron. Una vez que se aseguró de que Gavin también se pusiera su mascarilla, siguió a Lucas y Harriet bajo el cordón secundario y cruzó el suelo de linóleo hasta donde trabajaban los técnicos forenses.

Al principio, la forma acurrucada en el suelo se parecía a varios trapos que habían sido tirados en un montón, pero a medida que se acercaba, Kay pudo distinguir una mano apretada que sobresalía de una manga de camisa azul.

Lucas la guio alrededor del cuerpo de la víctima, sus movimientos respetuosos mientras se agachaba y señalaba el rostro del hombre.

Kay tragó saliva, luego se unió al patólogo.

Recorrió con la mirada la piel arrugada del rostro de la víctima.

Le faltaban los párpados, dejando expuestas cuencas vacías, y sus labios estaban retraídos en una mueca de agonía.

—Me temo que los roedores se comieron sus ojos y labios —dijo Lucas—. No tardan mucho en encontrar la manera de entrar a un lugar si pueden oler un cuerpo, incluso en un sitio como este que es relativamente nuevo.

—Gavin mencionó que hay una herida de trauma contundente en la cabeza.

—Sí, aquí —Lucas usó su dedo meñique para indicar una hendidura en el cráneo de la víctima, detrás de la oreja izquierda—. No podré decir con certeza si esa es la causa de la muerte hasta que haya tenido la oportunidad de examinarlo adecuadamente.

—¿Alguna identificación? ¿Cartera?

—No, nada en sus bolsillos.

—¿Cómo diablos lo vais a identificar? —dijo

Gavin, su rostro volviendo gradualmente a su color normal—. Quiero decir, su cara está más allá del reconocimiento, y su piel está toda arrugada.

—Lo llevaremos a la morgue e intentaremos usar algo de glicerina en las yemas de los dedos para empezar —dijo Lucas. Lanzó una mirada afligida al cuerpo arrugado—. Eso podría ablandar la piel lo suficiente para obtener huellas dactilares que les enviaremos para que intenten identificarlo. Pero no puedo prometerles nada por unos días.

Las autopsias de Kent, si no se realizaban en un hospital donde fallecía un paciente, se llevaban a cabo en el hospital Darent Valley por Lucas y un equipo de técnicos forenses que trabajaban en laboratorios estrechos y estaban bajo presión constante. Sumado a su carga de trabajo estaban los efectos de los meses más fríos, con condiciones climáticas adversas y casos fatales de neumonía entre la población de edad avanzada, por lo que un informe de autopsia para un caso criminal podía tardar varios días en el mejor de los casos, a veces semanas.

—¿No hay manchas en las placas del techo? —dijo Kay.

—La deshidratación habría ocurrido antes de la putrefacción —dijo Lucas—. Debe haber habido suficiente flujo de aire en la cavidad para acelerar el proceso.

—Y nadie habría notado ningún olor residual porque el lugar estuvo vacío durante dos meses después de que se completaran las renovaciones —dijo Barnes—. Tenemos una copia del contrato de arrendamiento, y este lote no se mudó hasta octubre.

—¿Sabemos quiénes fueron los instaladores de alfombras?

Barnes señaló con el pulgar enguantado por encima de su hombro. —El director general llamó a su gerente de operaciones, está de vacaciones anuales en este momento, pero va a revisar sus archivos en línea y nos enviará los detalles por correo electrónico. Parece ser una empresa local.

—Bien, excelente. —Kay se puso de pie y echó un vistazo alrededor de la escena del crimen—. Muy bien, Ian. Tienes todo bajo control aquí. Volveremos a la comisaría y nos aseguraremos de que la sala de incidentes esté lista.

CAPÍTULO 4

—Menuda forma de empezar un lunes, jefa.

La agente Carys Miles le entregó a Kay una carpeta de manila mientras entraba en la sala de incidentes y se dirigía hacia su escritorio.

—Ni que lo digas. —Kay se quitó el forro polar y lo arrojó sobre el respaldo de su silla antes de abrir el archivo—. ¿Qué has logrado encontrar?

Carys se apoyó contra el escritorio de enfrente y se colocó un mechón de pelo negro detrás de la oreja mientras Kay se sentaba. —El edificio era propiedad de uno de los grandes bancos de la calle principal hasta la recesión de hace unos años. Ha estado arrendado en acuerdos a corto plazo en los años desde entonces, pero cuando el último inquilino se mudó, los propietarios decidieron aprovechar las obras de remodelación que se estaban llevando a cabo por aquí y vendieron la propiedad.

—Deben de haber ganado una buena suma.

—No te equivocas. Las cifras estimadas están en la página cuatro. El nuevo propietario, una empresa de desarrollo inmobiliario con sede en Rochester, subcontrató el trabajo. Hemos recopilado una lista de nombres de empresas relacionadas con el edificio de internet y obtendré ayuda para revisarlas y averiguar cómo están vinculadas. Algunas son autónomos, otras son sociedades limitadas.

—Barnes está esperando noticias del gerente de operaciones del inquilino actual —dijo Gavin—. Con suerte, tiene una nota de los instaladores de alfombras para ahorrarte tener que localizarlos.

—Eso sería bueno —dijo Carys—. Espero que todo se haya hecho según las reglas y no tengamos que preocuparnos por trabajos pagados en efectivo.

Kay recorrió el texto con la mirada mientras hojeaba el delgado archivo, luego se lo devolvió a Carys.

—Este es un buen comienzo, gracias. —Miró su reloj—. ¿Quién está gestionando la base de datos HOLMES?

—Phillip Parker —dijo Carys—. Debbie estaba

asignada a uniforme durante el fin de semana y no estará libre para unirse a nosotros hasta el jueves.

—Sí, la vimos en la escena. Está bien, Phillip es más que capaz de manejarlo mientras tanto. ¿A quién más tenemos?

Kay escuchó y dejó vagar su mirada por la sala de incidentes mientras Carys repasaba los nombres de los agentes uniformados que habían sido reclutados para ayudar a su pequeño equipo de detectives, su ritmo cardíaco comenzando a estabilizarse después del pico de adrenalina por asistir a la escena del crimen.

Sus ojos se posaron en el agente Derek Norris, quien se balanceaba sobre una silla mientras quitaba serpentinas de papel azul pálido del techo, y su corazón se encogió.

El viernes anterior, una de las empleadas administrativas había traído a su bebé de pocas semanas para presentarlo a sus colegas y la sala se había utilizado como espacio temporal para celebrar una pequeña fiesta en su honor. Kay había asistido, pero había recibido miradas preocupadas de sus compañeros detectives. Aún sentía el dolor de la pérdida por su aborto involuntario de hace algunos años, y le había resultado difícil cuando le pusieron al bebé en brazos y los vívidos ojos azules del infante la miraron fijamente.

Reprimió el recuerdo mientras Norris bajaba de la silla y arrojaba las últimas serpentinas a la papelera bajo el escritorio, devolviendo la sala de incidentes a su disposición práctica habitual.

Sus dedos congelados comenzaron a descongelarse con el calor de la calefacción central que, este invierno al menos, funcionaba, y extendió agradecida la mano hacia la taza de té que el sargento Harry Davis le entregó antes de dirigirse hacia un escritorio cerca de la ventana. Sonrió; el oficial uniformado de mayor edad se había convertido en una figura paterna para varios miembros del personal a lo largo de los años y ella siempre disfrutaba de su compañía, incluso cuando estaba al inicio de una investigación que sin duda pondría a prueba todas sus habilidades como detective y gerente. Al menos se podía contar con Harry para controlar a los miembros más jóvenes del equipo cuando fuera necesario.

Un aire de eficiencia llenaba la sala mientras el personal se acomodaba en escritorios temporales, respondía teléfonos y se llamaba entre sí: un enfoque que no se rompería hasta que su víctima fuera identificada y las circunstancias de su muerte resueltas.

Carys se interrumpió cuando la puerta se abrió de golpe y Barnes se dirigió hacia ellas, aflojándose la corbata.

—Bien, Tutankamón va camino a la morgue y hay una patrulla uniformada vigilando las instalaciones hasta que el equipo de Harriet libere la escena del crimen —dijo—. ¿Qué me he perdido?

Kay le entregó las notas de Carys y luego se volvió hacia Gavin. —¿Puedes contactar con el ayuntamiento y averiguar si hubo algún problema durante las obras de renovación? Quejas, problemas con los permisos, cualquier cosa de ese tipo.

—Lo haré, jefa. —Levantó su móvil—. También descargaré las fotos que tomé de nuestra víctima y la escena del crimen, y las ingresaré en el sistema. ¿Quieres un par de impresiones para el tablero?

—Por favor. Mejor mostremos a todos aquí a lo que nos enfrentamos cuando se trata de identificar a este. No creo que obtengamos nada del equipo de Harriet hasta mañana, no si aún están allí.

Gavin se dirigió rápidamente hacia su escritorio y Barnes le entregó la carpeta a Carys.

—¿Cuáles son tus pensamientos iniciales? —preguntó Kay.

—Bueno, obviamente enfadó a alguien —dijo Barnes—. Dado cómo le rompieron el cráneo.

Carys frunció el ceño. —No hemos tenido informes de problemas durante las obras de remodelación por aquí. Supongo que no hay forma de que pudiera haber tropezado y caído en la cavidad por accidente y haberse golpeado la cabeza, ¿verdad?

—No, echamos un vistazo arriba antes de irnos, y definitivamente fue escondido a propósito —dijo Kay—. Hay todo tipo de vigas y cableado debajo del nivel del entresuelo. Todo eso habría tenido que ser movido a un lado para que él cupiera.

Se levantó de su silla. —Vamos, reúnan a todos y hagamos un repaso rápido de lo que necesitamos hacer antes del final del día. Tengo que informar a Sharp antes de que se vaya para la conferencia de prensa en una hora.

Su estómago rugió mientras alcanzaba su teléfono móvil, y Carys puso los ojos en blanco.

—Ni una palabra. Comeré más tarde —dijo Kay.

Se movió al frente de la sala y esperó mientras sus colegas acercaban sillas a donde ella estaba parada junto a una pizarra, mientras Gavin se apresuraba desde la impresora.

—Tengo las fotos —dijo, y comenzó a colgar dos que había elegido de las que había tomado.

Kay se aclaró la garganta. —Cálmense todos. Empecemos.

Unos pocos rezagados se apresuraron a apoyarse contra los escritorios o se encaramaron en los alféizares de las ventanas, y entonces ella comenzó.

—Para aquellos de vosotros que os habéis unido a nosotros por primera vez hoy, descubriréis que somos un equipo muy unido al que le gusta hacer las cosas. Dicho esto, ninguno de nosotros muerde, así que no tengáis miedo de hacer preguntas. Podríais ser vosotros quienes nos encaminen en la dirección correcta para obtener un resultado, ¿de acuerdo? —Sonrió cuando un par de jóvenes agentes visiblemente se relajaron y otros asintieron con conocimiento hacia Barnes y los otros detectives, antes de volverse y golpear con los nudillos en la primera fotografía—. Tenemos un cuerpo momificado que fue descubierto cuando cayó a través de un techo en el antiguo banco de la calle principal esta mañana. Nadie resultó herido, pero como podéis imaginar fue un shock para todos los presentes.

Un murmullo llenó la sala mientras el equipo de investigación se inclinaba como uno solo hacia las fotografías con sus cuadernos abiertos y bolígrafos listos.

—Nadie sabe quién es por el momento —dijo Kay—. Vestía vaqueros, una camisa de algodón azul oscuro y zapatos de lona. Las etiquetas de su ropa son de marcas comunes de la calle principal y tiendas en línea. No llevaba reloj, y no hay otras formas de identificación como cartera o licencia de conducir. Se estima que mide un metro setenta y cinco; tendremos eso aclarado después de la autopsia porque la momificación ha causado cierto grado de contracción. Su cabello es largo, como podéis ver, y para los recién llegados, nuestro patólogo aclaró que tenía más o menos esa longitud cuando murió. No creáis todo lo que leéis en la prensa sobre el crecimiento del cabello después de la muerte. Para empezar, no estuvo en esa cavidad el tiempo suficiente.

Se movió hacia la segunda fotografía que Gavin había proporcionado. —Cuando terminemos, quiero que todos echéis un vistazo más de cerca a sus huellas dactilares; Lucas intentará extraer las huellas para nosotros, pero parecen desgastadas en su mano izquierda, no tanto en la otra, lo que sería inusual para alguien asociado con el trabajo de construcción.

—Tal vez era guitarrista —dijo un agente de mediana edad desde el fondo de la sala.

—Podría ser —dijo Kay. Anotó la sugerencia en la pizarra con un signo de interrogación debajo y luego volvió a tapar el rotulador—. Parker, ¿puedes trabajar con Carys y subir los hallazgos que ha reunido hasta ahora a HOLMES antes de mañana por la mañana para que todos puedan acceder fácilmente?

—Sí, jefa. —Phillip le hizo un gesto de aprobación con el pulgar—. También estoy haciendo que instalen un par de ordenadores más. Theresa, de administración, consiguió sacarlos de algún lado.

—Buen trabajo, gracias —Kay se dirigió a un mapa ampliado de la zona inmediata alrededor de las oficinas de la empresa de software—. Los agentes uniformados han estado recorriendo las empresas ubicadas en las tres calles que rodean nuestra escena del crimen, y Andy Grey, de la unidad de informática forense, ha recibido copias de las grabaciones de las cámaras de seguridad de dos de las tiendas minoristas frente a la empresa de software. No podemos esperar mucho de esas grabaciones para ayudarnos, dado el tiempo que ha pasado desde que se completaron las renovaciones, pero vale la pena intentarlo.

—Videovigilancia: Barnes, ¿puedes coordinarte con Hughes y conseguir las grabaciones al menos desde principios de junio en adelante? —añadió Kay —. Lucas dijo que nuestra víctima se secó muy rápidamente, así que trabajaremos sobre la base de que fue asesinado durante la ola de calor de este verano. Echemos un vistazo para ver si hubo alguna actividad sospechosa alrededor del sitio mientras se realizaban las obras, y luego los dos meses posteriores mientras las instalaciones estaban vacías.

—Lo haré.

—¿Es definitivamente un asesinato, jefa? —preguntó Parker.

—Dado el tamaño del golpe en su cráneo y el ángulo con el que fue golpeado, debemos asumir que nuestra víctima fue asesinada en lugar de que fuera un accidente hasta que tengamos los resultados de la autopsia. Independientemente de cómo murió, no cayó en esa cavidad. Alguien lo ayudó a meterse allí —dijo Kay. Exhaló, dejó caer el rotulador sobre el escritorio a su lado y luego paseó la mirada por los rostros ansiosos que observaban la pizarra.

—Entonces, ¿os parece si averigüemos qué le pasó?

CAPÍTULO 5

Al final de la tarde siguiente, Kay abrió la puerta con el codo, maldiciendo por lo bajo mientras el café caliente se derramaba del vaso desechable sobre su mano.

Se sacudió el líquido y se apresuró hacia su escritorio, con los niveles de ruido en el espacio abierto compitiendo con el alboroto en la calle exterior por el tráfico congestionado y una ambulancia que luchaba por abrirse paso entre dos carriles de vehículos pegados unos a otros.

Había pasado las últimas cuatro horas en la jefatura, primero con el comisario Sharp poniendo al día a la comisario jefa sobre el inicio de la investigación y proporcionando un esquema de cómo planeaba gestionarla antes de regresar a la comisaría del centro de la ciudad, y luego coordinándose con el equipo de relaciones con los medios para discutir cómo hacer frente al aluvión de consultas de la prensa y el público tras la rueda de prensa televisada de la noche anterior.

El sol ya había desaparecido en el horizonte cuando terminó y se apresuró a entrar en la sala de incidentes para tratar de ponerse al día con su equipo antes de que se fueran a casa por la noche.

Colocó el vaso en su escritorio, miró con desdén la luz parpadeante en el teléfono de su escritorio, luego emitió un suspiro y comenzó a atacar los correos electrónicos que se habían multiplicado en las horas que había estado en la jefatura.

Barnes levantó la vista de su cuaderno y arqueó una ceja, con su teléfono móvil en la oreja.

Kay negó con la cabeza y forzó una sonrisa.

Todo el día la había dejado inquieta.

A su alrededor, agentes y detectives trabajaban con el zumbido frenético que solo una nueva investigación de asesinato podía causar, y aquí estaba ella teniendo que pelear con la dirección para asegurarse de que su equipo obtuviera los recursos que necesitaban para entregar el resultado correcto.

—¿Todo bien? —dijo Barnes, terminando su llamada y arrojando su teléfono sobre su escritorio.

—Sí —dijo Kay, y extendió la mano hacia el ratón de su ordenador, moviéndolo para despertar la pantalla de nuevo—. Al menos la comisario jefa parece satisfecha con la forma en que nos hemos organizado aquí.

Barnes se inclinó, bajando la voz en tono conspirativo—. He oído que juega al Sudoku del *Times*...

—No hay nada inusual en es...

—Con un *bolígrafo*.

Kay agarró la pelota antiestrés que Gavin había dejado en su escritorio y se la lanzó a Barnes, quien se agachó y luego le sonrió.

Ella se rio, agradecida con él por levantarle un poco el ánimo—. Compórtate. ¿En qué punto estamos con las tareas? ¿Has logrado arrojar algo de luz sobre las obras de construcción durante el verano?

—Te lo mostraré —dijo Barnes. La guio a través de la sala hasta donde estaba la pizarra, ahora cubierta de varias notas pegadas y tinta de rotulador de diferentes colores. Señaló una fotografía del edificio que se había tomado antes de la remodelación del sitio—. Así es como solía verse el lugar.

—Había olvidado lo horrible que era —dijo Kay.

—Listo para una renovación, sin duda. El banco vendió el sitio en una subasta; el último inquilino se fue en noviembre del año anterior. Fue comprado por Hillavon Developments, cuyas oficinas registradas están en Rochester. El dueño, Alexander Hill, vive en Broadstairs.

—¿Alguien ha hablado con él? —dijo Kay.

—Gavin va a hacer un seguimiento más tarde hoy. Aparentemente, el tipo juega al golf hasta la una de la tarde los martes y mantiene su móvil apagado hasta el hoyo diecinueve. Aún no ha devuelto ninguna de las llamadas de Gavin.

—Dile a Gavin que le haga saber que siempre podemos realizar la entrevista en una de nuestras salas aquí si no va a tomar este asunto en serio.

—Lo haré, jefa.

—¿Qué sabemos sobre él?

—Hillavon Developments, o Alexander Hill si lo prefieres, es arquitecto de profesión, así que hizo el nuevo diseño del edificio y luego subcontrató la gestión del proyecto y la construcción a otra empresa, Brancourt and Sons Limited.

—¿Dónde están ubicados? —dijo Kay.

—Aquí en Maidstone. Han estado aquí desde la década de 1920, según su sitio web —dijo Barnes—. Planeaba contactarlos después de hablar con el promotor en caso de que nos diga algo sobre lo que podamos cuestionarlos.

—Vamos a seguir adelante y hablemos con alguien de Brancourt and Sons lo antes posible. Sin duda están esperando una llamada nuestra después de que se transmitieran las noticias anoche, y los rumores se estarán propagando. Prefiero tener tanta información como sea posible para poder mantener esta investigación en marcha. ¿Quién está dirigiendo el negocio familiar estos días?

—John Brancourt —dijo Barnes—. Vive en Coxheath y se hizo cargo del negocio hace treinta años, tomándolo de su padre. Parece ser una tradición familiar según la historia en su sitio web: el negocio se transmite al primer hijo varón de cada generación antes de su trigésimo cumpleaños.

—Bien, ponte en contacto con John Brancourt y organiza una entrevista con él —esperó mientras su colega tomaba nota y luego continuó—. Volviendo al edificio, ¿quiénes fueron los últimos inquilinos antes de que se vendiera el lugar? Había una boutique o algo así en el espacio comercial de abajo, ¿no?

—Sí, donde ahora está la recepción. —Barnes extendió la mano hacia una pulcra pila de documentos grapados sobre la mesa junto a Kay y pasó las páginas, con el ceño fruncido hasta que encontró lo que buscaba y señaló la página con su dedo índice—. Aquí está. Había una tienda de moda abajo; Pia siempre pensó que era demasiado cara para Maidstone, lo que podría haber sido la razón por la que cerró un par de meses antes de que el edificio se pusiera a la venta. En el piso de arriba había una agencia de licencias de caballos de carreras. El piso superior lo utilizaba a tiempo parcial una empresa de diseño gráfico. Carys localizó a esos inquilinos, y los agentes uniformados saldrán a tomar declaraciones a primera hora de mañana.

—¿Hubo algún problema antes de que se vendiera el lugar? —preguntó Kay.

—¿Te refieres a inquilinos molestos por ser desalojados? —Barnes negó con la cabeza—. No que sepamos. Dicho de otra manera, no hay nada en el sistema, así que a menos que las entrevistas que hagan los uniformados mañana arrojen luz sobre algo, entonces no. No hubo problemas.

Kay cruzó los brazos sobre el pecho mientras evaluaba la información recopilada en las primeras veinticuatro horas. —No me gusta nada este caso, Ian.

—Es diferente, ¿verdad?

—¿Qué demonios hacía él allí en primer lugar? Quiero decir, si hubiera habido un accidente o algo durante las obras de remodelación, nos habríamos enterado. El Ejecutivo de Salud y Seguridad habría estado inspeccionando ese sitio en cuestión de horas. No se puede encubrir algo así, no en estos días.

Barnes se rascó la barbilla. —Todavía estamos elaborando una lista de todos los que tuvieron acceso al sitio una vez que comenzaron las renovaciones.

—Estás haciendo un gran trabajo, Ian. Es como siempre dice Sharp, no siempre obtenemos el avance que necesitamos en las primeras veinticuatro horas, a pesar de lo que nos dicen los manuales de entrenamiento. —Hizo un gesto hacia las fotografías —. Quiero decir, esto es un buen comienzo.

—Jefa, ¿no crees que Gavin tiene razón? —dijo Barnes, bajando la voz.

—¿Sobre qué? —Kay lo miró fijamente y luego frunció el ceño—. Oh, espera. ¿Los gatos? ¿Para la buena suerte?

—Bueno, ¿y si alguien lo puso en esa cavidad a propósito? —Se encogió de hombros y miró hacia otro lado, con dos manchas rojas apareciendo en sus mejillas.

—Mira, no lo descartemos. Creo que es poco probable que estemos ante un asesinato ritual, pero seamos sinceros: de momento, no tenemos ningún otro motivo, ¿verdad? —Kay se volvió hacia la sala de incidentes, donde una mezcla de oficiales en uniforme y trajes de negocios creaba una imagen borrosa de actividad—. ¿Cómo fue la sesión informativa?

—Bien. Creo que todos saben lo que tienen que hacer y están ansiosos por empezar. Parker ha terminado de actualizar HOLMES, así que ahora todos los demás pueden empezar a añadir sus notas sobre la marcha y al menos podemos imprimir los informes que necesitamos. Carys ha añadido la información sobre los inquilinos que encontró, así como los datos formales del Registro Mercantil, y Hughes tiene a dos agentes ayudándole a revisar las grabaciones de videovigilancia que tenemos hasta ahora.

Kay exhaló, dejando salir parte de la frustración que había empezado a filtrarse en su sistema durante la estancia en la jefatura. —Sabía que podía contar contigo, Ian. Gracias. Vete a casa y con suerte avanzaremos algo mañana.

CAPÍTULO 6

Kay recogió las bolsas de yute del asiento trasero de su coche, cerró la puerta con el codo y cruzó hacia la puerta principal de su casa, con los oídos aún zumbando por los gritos de un niño pequeño en la caja del supermercado minutos antes.

La puerta se abrió antes de que pudiera bajar la compra para sacar sus llaves.

—Buenas noches, detective.

Ella sonrió. —Hola, tú. Toma, coge algunas de estas. Pesan una tonelada.

Su otra mitad, Adam, accedió tomando dos de las bolsas y se rio mientras abría la parte superior de una de ellas. —Casi te llamo para decirte que necesitábamos más vino, pero veo que lo has solucionado como prioridad.

—Sí, pensé que no te apetecería blanco con este tiempo, así que te compré un Rioja y un Pinot Noir —dijo, cerrando la puerta y echando la cadena de seguridad—. Tú eliges.

Un rico aroma tentó sus sentidos mientras lo seguía a la cocina, y entonces vio lo que había en la encimera central y se quedó helada.

—Oh, no.

Una vitrina de cristal ocupaba un tercio de la amplia superficie, con una tapa de plástico encima llena de agujeros de ventilación y una gruesa capa de serrín y papel de periódico triturado cubriendo el suelo.

Adam se volvió desde donde estaba desempacando las bolsas junto al refrigerador y arqueó una ceja. —¿Qué pasa?

Kay señaló la vitrina de cristal. —Por favor, dime que la serpiente no ha vuelto aquí.

Su marido veterinario se rio.

Hace dos años, había traído a casa una serpiente enferma cuyos dueños estaban de vacaciones. Después de resolver una investigación con su equipo para arrestar y acusar a un asesino despiadado, ella había llegado a casa y descubierto que la serpiente se había escapado. Kay se había encaramado a la encimera de la cocina hasta que Adam finalmente localizó al reptil detrás de la lavadora después de varios minutos de búsqueda frenética.

—No, no es una serpiente. Sid está en plena forma, te alegrará saber. —Adam arrugó las bolsas vacías y tomó las dos que Kay sostenía antes de colocarlas en la encimera junto a la vitrina y hacerle señas para que se uniera a él—. Ven a ver. Creo que te gustará esto.

Ella lo siguió hasta la vitrina de cristal. —Es el viejo acuario del garaje, ¿no?

—Sí. Es todo lo que tenía con tan poca antelación, por eso he usado una bandeja de semillas como tapa. Al menos ya tiene los agujeros para la ventilación, así que me ahorró trabajo.

Kay se acercó al cristal y miró dentro.

Notó que Adam había añadido un trozo de tubería de plástico para canalones, y lo había puesto boca abajo para formar un túnel corto en un extremo del acuario. Había colocado una botella de agua sobre el cristal junto a él y, al lado, un segundo cuenco de semillas y verduras picadas parecía haber sido saqueado recientemente.

Un movimiento dentro del túnel llamó su atención, y luego aparecieron una nariz y unos bigotes momentos antes de que una criatura peluda de color arena se arrastrara hacia adelante y luego se levantara temblorosamente sobre sus patas traseras.

—¡Ay, es un jerbo!

—Te dije que te gustaría.

—¿Cómo se llama?

—Cornflake.

—¿Qué? ¿En serio?

Adam se encogió de hombros. —Su dueña tiene ocho años.

Kay entrecerró los ojos mientras observaba al roedor tambalearse por el serrín hacia el cuenco de agua. —¿Qué le pasa?

—Tuvo un derrame cerebral el fin de semana, pobrecito —dijo Adam—. Desafortunadamente, es bastante común entre ellos. Son excelentes mascotas, pero no suelen vivir más de tres o cuatro años.

—¿Cuántos años tiene Cornflake?

—Tres y medio. Angela, la madre de Cassie, es un poco aprensiva cuando se trata de darle su medicina, así que me ofrecí a cuidarlo durante la próxima semana más o menos. Se está recuperando bien, así que estoy seguro de que pronto volverá a casa con ella y Cassie.

—¿Estará bien?

—Son criaturas notablemente resistentes —dijo Adam—. Se adaptará con el tiempo; probablemente se inclinará hacia la izquierda como lo hace ahora por el resto de su vida, pero aparte de eso estará bien.

—Eso es bueno. —El estómago de Kay rugió y se alejó de la vitrina de cristal—. Lo siento, pero me muero de hambre. ¿Te parece bien guardar todo esto mientras voy a cambiarme?

—Adelante. Serviré la cena en media hora.

—Gracias.

Kay subió las escaleras, colgó su chaqueta del traje antes de quitarse el resto de la ropa de su cuerpo cansado y entrar en la ducha.

Mientras dejaba que el chorro de agua caliente cayera sobre su cuero cabelludo y frotaba la suciedad del día de su piel, su mente se dirigió al reciente aniversario que ella y Adam habían decidido mantener en privado.

Hace dos años, Kay había vuelto al trabajo después de que una investigación de Estándares Profesionales de la Policía de Kent la dejara desolada y sin hijos.

Solo su equipo cercano y su mentor, el comisario Devon Sharp, conocían la extensión total del trauma personal que ella y Adam habían sufrido después de que ella fuera injustamente señalada.

Un dolor desgarró su pecho cuando los recuerdos resurgieron, su estado relajado liberando el dolor entumecido que guardaba para sí misma. Se limpió los ojos, las lágrimas dando un sabor salado al agua que caía en cascada sobre sus mejillas y labios, y luego cerró el grifo.

Después de secarse la piel con una fiereza que dejó sus brazos y piernas enrojecidos, Kay se soltó el moño que se había atado y limpió la condensación del espejo sobre el lavabo.

Frunció el ceño a su reflejo, tiró de la cuerda para apagar las luces, luego se movió por el dormitorio hacia una cómoda y sacó su sudadera favorita. Poniéndose unos vaqueros, se peinó el cabello.

Cuando se volvió para salir de la habitación, sus ojos se posaron en el frasco de plástico de pastillas para dormir en su mesita de noche.

Su corazón se saltó un latido, y Kay reprimió la sensación de pánico que burbujeaba en su estómago.

El miedo amenazó, pisándole los talones al dolor que había disminuido su resistencia.

Se había enfrentado a la muerte hace un año, luchado contra un adversario que había envuelto sus manos alrededor de su garganta e intentado extinguir su vida.

Solo el rápido razonamiento del comisario Sharp la había salvado de las garras de Jozef Demiri. Todavía llevaba las cicatrices internas de la prueba a la que el jefe del crimen organizado la había sometido, y se negaba a tomar cualquier medicamento recetado por miedo a perder su trabajo.

Por el bien de Adam, había continuado tomando el remedio homeopático a diario, pero una sensación de desequilibrio se apoderó de ella.

Era todo lo que podía hacer para no extender sus manos a los lados mientras bajaba las escaleras.

Trece escalones, pero cada uno de ellos cargado de culpa.

No le había contado a Adam sobre las pesadillas que habían vuelto desde el verano.

No había hablado con la Dra. Zoe Strathmore después de su cita inicial a principios de año, en su lugar asegurando a la recepcionista de la psiquiatra que estaba bien; que estaba demasiado ocupada; que su agenda estaba demasiado llena para cualquier cita de seguimiento.

Durante nueve meses.

Un temblor sacudió sus pantorrillas y Kay agarró el pasamanos, hundiéndose en el penúltimo escalón mientras el espasmo la envolvía.

Luchó contra la sensación, su pecho constriñéndose mientras acercaba las rodillas a la barbilla, sus ojos encontrando las luces parpadeantes del panel de seguridad a la derecha de la puerta principal.

Aún no había sido activado; ella o Adam iniciarían la secuencia antes de subir las escaleras para ir a la cama, pero su presencia la calmaba. No habría nadie irrumpiendo en la casa esta noche.

Kay bajó la frente hasta sus rodillas. —No soy una víctima —murmuró—. No soy una víctima. Puedo hacer esto.

Un movimiento sobre su hombro la sacó de su meditación y se puso de pie de un salto, pasó los dedos por su cabello y se dio palmaditas en las mejillas.

Sintió que el color volvía a su piel cuando Adam salió de la cocina, con una expresión inquisitiva en sus ojos.

—Creí oír tu voz. ¿Todo bien?

—Sí. —Forzó una sonrisa y lo siguió de vuelta a la cocina.

—He abierto el Pinot.

—Gracias. —Kay se hundió en uno de los taburetes de la barra en la encimera central de la cocina y tomó un sorbo de la copa de vino que Adam le había servido. Observó por un momento mientras Adam volvía a la estufa y revisaba las ollas humeantes en la cocina, y luego se aclaró la garganta

—. ¿Cuándo fue la última vez que visitaste a Elizabeth?

Adam se quedó congelado, con la cuchara de madera en alto.

—¿Qué?

Adam equilibró la cuchara en una de las asas de la cacerola y luego se acercó a donde ella estaba sentada. Frunció el ceño. —He estado tan ocupado con la consulta durante las últimas semanas... no, meses.

Kay observó cómo se mordía el labio, sus hombros encogiéndose.

—Unas diez semanas, supongo —dijo él.

—Ya no hablamos de ella. Es como si, una vez que Demiri salió de nuestras vidas, todo lo relacionado con él también se fuera. Incluyendo a nuestra hija. —Kay extendió la mano sobre la encimera y agarró la de él—. ¿Por qué?

Él le apretó los dedos, y luego caminó hasta donde ella estaba sentada y la envolvió en un abrazo antes de besarla. —Tú también has estado ocupada. Eso no significa que no nos importe.

—¿No es así?

—No, no lo es. —Suspiró y le frotó la espalda—. La vida continúa, nos guste o no. La gente depende de nosotros.

—Supongo que sí.

—¿Vas a decirme qué es lo que realmente te molesta? Esto no es solo por Elizabeth, ¿verdad?

Kay sorbió por la nariz e intentó ignorar la sensación de ardor en las comisuras de sus ojos.

—Lucy de administración estuvo en la oficina la semana pasada. Es la primera vez que ha venido desde que se fue de baja por maternidad. Trajo a su bebé, un niño pequeño. Stephen. —Se secó las mejillas, un suspiro tembloroso sacudiendo su delgada figura—. Se veía tan feliz.

—Ven aquí.

La envolvió en sus brazos y le besó la parte superior de la cabeza mientras ella lloraba en su suave camisa de algodón, luchando contra la absoluta miseria que la envolvía.

Después de unos momentos, ella levantó la mirada hacia él. —Gracias.

Una leve sonrisa se dibujó en su boca. —Es una mierda, ¿verdad?

—Lo es.

Ella se alejó de su abrazo y se estiró sobre la encimera para alcanzar una caja de pañuelos, luego se secó los ojos y se sonó la nariz.

Se volvió para ver a Adam mirándola con cautela.

—¿Qué pasa?

—Cuídate, Hunter. Me preocupo por ti.

CAPÍTULO 7

Un viento tormentoso tiraba del abrigo de Kay a la mañana siguiente mientras seguía a Barnes desde el vehículo del departamento a través de un patio de construcción embarrado hacia un edificio que decía "oficina de obra".

Un frío mordaz le pellizcaba las orejas, y maldijo por lo bajo antes de apresurarse a cruzar el umbral, dejando que Barnes cerrara la puerta tras ellos, y luego tiró de la bufanda en su cuello mientras una mujer con expresión divertida los miraba desde detrás de un mostrador de recepción.

—Deberían haber estado aquí el marzo pasado —dijo—. Era como la maldita Antártida ahí fuera. ¿Qué puedo hacer por ustedes?

Kay mostró su placa. —Inspectora Kay Hunter y

oficial Ian Barnes, estamos aquí para ver a John Brancourt.

—Ah, de acuerdo. No hay problema. Tomen asiento, el calefactor está encendido allí, y sírvanse té o café de la máquina. Le avisaré que están aquí.

—Gracias.

Kay se giró para ver a Barnes ya dirigiéndose hacia donde un pequeño calefactor de ventilador había sido colocado sobre una alfombra entre dos sillas y se apresuró a unirse a él, extendiendo sus manos congeladas hacia el aire caliente que salía por una pequeña rejilla en la parte superior.

El oficial señaló con la barbilla hacia la ventana y una fila de equipos de construcción alineados en el patio exterior. —Obviamente gasta su dinero en esos en lugar de en la calefacción central —murmuró.

Kay sonrió. —Probablemente por eso el negocio sigue siendo exitoso después de todos estos años de actividad.

—¿Detective Hunter?

Ella se dio la vuelta.

Kay calculó que el hombre tenía unos cincuenta y tantos años, su complexión robusta compensada por una mata de cabello castaño claro.

—Soy John Brancourt —dijo, acercándose a donde estaban, con la mano extendida.

Kay estrechó su mano y presentó a Barnes. —Gracias por recibirnos, señor Brancourt. ¿Hay algún lugar donde podamos hablar en privado?

—Por supuesto, vengan a mi oficina.

Sin esperar una respuesta, giró sobre sus talones y los guio pasando junto a la mirada divertida de la recepcionista y por un estrecho pasillo sin iluminar.

Al final, se hizo a un lado para dejar pasar a Kay y Barnes antes de cerrar la puerta y señalar dos sillas junto a un escritorio desordenado.

—Tomen asiento. Disculpen el desorden. Sandra, la de afuera, no deja de insistirme en que lo ordene, pero no estoy seguro de que encontraría algo si lo hiciera.

—Gracias —dijo Kay, y esperó hasta que Barnes se hubiera acomodado y sacado su libreta—. Supongo que ha oído hablar del cuerpo que se descubrió en el Edificio Petersham el lunes por la mañana.

—Escuché algo en la radio mientras conducía al trabajo ayer, sí. Ese es el edificio de Alexander Hill —dijo Brancourt, frunciendo el ceño—. Trabajé en él durante el verano.

—Estamos al tanto de eso, señor Brancourt —dijo Kay.

—Llámeme John. ¿Qué necesitan de mí? Me temo que no tengo los planos finales del edificio para registrar lo que se hizo; Alex tendrá que dárselos. Todavía estamos esperando que los apruebe. Estas cosas pueden llevar tiempo.

—En realidad, esperábamos que pudiera decirnos algo que pueda saber sobre cómo ese cuerpo pudo haber llegado allí en primer lugar —dijo Kay—. Debo insistir en que cualquier cosa que discutamos aquí no se mencione a los medios, pero estamos tratando de averiguar quién es la víctima.

—¿No lo han identificado? —dijo Brancourt.

—No podemos decir mucho sobre el caso o la víctima en este momento —dijo Barnes—. No hasta que se haya concluido el examen post mortem. Nos preguntábamos si usted estaba al tanto de alguien que hubiera sido amenazado durante la fase de construcción, particularmente antes de que comenzaran a trabajar los instaladores de alfombras.

—Nada que se me ocurra, no.

—¿Cuánto tiempo lleva dirigiendo el negocio familiar, señor Brancourt? —dijo Kay.

Se quitó una pelusa imaginaria del bolsillo del pecho de su camisa, el movimiento llamando la atención sobre el logotipo bordado en ella, y luego enderezó los hombros.

—Empecé a trabajar aquí con mi padre cuando tuve edad suficiente para caminar —dijo—. Comencé mi aprendizaje en el patio de allí cuando tenía catorce años, trabajé a todas horas y en todas las condiciones climáticas hasta que mi padre me llamó a una reunión en mi vigésimo primer cumpleaños.

—¿Lo ha estado dirigiendo desde entonces? — preguntó Barnes.

Brancourt negó con la cabeza, una sonrisa arrugando sus facciones. —No, tuve que esperar otros seis años hasta que pensó que era capaz de ello, pero fue suficiente saber que le había impresionado y que me lo pasaría como su padre antes que él. Incluso cuando se jubiló cuando yo tenía veintinueve años, siguió trabajando para el negocio a tiempo parcial. Sabía lo que valía la reputación y estaba decidido a que yo fuera tan exitoso como él lo había sido. Tanto mi abuelo como mi bisabuelo se hicieron cargo del negocio antes de los treinta, así que es una tradición familiar. Mi hijo, Damien, hará lo mismo antes de cumplir los treinta.

—¿Y ha tenido éxito?

—Hemos tenido nuestra parte de altibajos, lo admito —dijo Brancourt. Suspiró—. Fue difícil hace diez años y, como muchas empresas, luchamos y tuvimos que despedir a algunos de nuestros trabajadores. Pero mantuvimos a los aprendices y a los hombres que habían estado con nosotros desde la época de mi padre; no fui tan corto de miras como para perder a las personas clave que necesitaría para dirigir este negocio cuando el trabajo se recuperara y, efectivamente, logramos dar la vuelta a la situación.

—¿Algún problema financiero durante ese tiempo? —dijo Kay, y luego levantó la mano cuando Brancourt abrió la boca para protestar, y reformuló su pregunta—. ¿Alguien tendría alguna razón para guardar rencor contra usted o su empresa? ¿O contra sus empleados, de hecho?

El gerente de construcción se reclinó en su silla y tamborileó con los dedos sobre el escritorio por un momento antes de hablar.

—No se me ocurre nadie, no. Tuvimos mucha suerte cuando tuvimos ese período tranquilo porque pudimos pagar a todos los contratistas que trabajaban para nosotros. Solo mantuvimos a los empleados a tiempo completo, como dije. Y con todos los contratistas, les aseguramos que nos pondríamos en contacto tan pronto como hubiera trabajo disponible. Todos eran buenas personas y muchos volvieron aquí si no habían encontrado trabajo en otro lugar. Siempre soy muy cuidadoso de no manchar mi reputación en este negocio. Todo el mundo se conoce.

—¿Escuchó algún rumor en la obra, alguna indicación de que pudiera haber habido un desacuerdo entre otros contratistas involucrados en los trabajos? —dijo Barnes.

—Si lo hubo, lo mantuvieron alejado de mí —dijo John—. Asistí a una reunión de obra cada semana una vez que el trabajo comenzó, lo cual es una práctica rutinaria. Si había elementos específicos que necesitaban atención, iba allí para supervisar las cosas para asegurarme de que todo fuera bien, pero no, nunca escuché a nadie hablar de otros problemas. Era solo lo habitual del día a día que viene con la gestión de un proyecto de remodelación como ese.

Kay llamó la atención de Barnes y luego se levantó de su asiento y sacó su tarjeta de visita. —Muy bien, señor Brancourt. Gracias por su tiempo. Si se le ocurre algo que pueda ayudarnos con nuestra investigación, por favor llámeme.

—Permítanme acompañarlos a la salida.

Hizo un gesto para que Barnes liderara el camino de vuelta por el pasillo hacia la zona de recepción, luego estrechó sus manos y los siguió hasta la puerta.

Kay se volvió para ver a John Brancourt evaluando el ajetreado patio antes de que sus ojos se encontraran con los de ella.

—Usted entiende, detective Hunter —dijo—. Todo se trata de la reputación. Sin ella, no somos nada.

CAPÍTULO 8

Esa tarde, Carys y Gavin se pararon en el perímetro de un estacionamiento administrado por el consejo y entrecerraron los ojos contra la lluvia horizontal hacia su objetivo, un edificio de dos pisos sin pretensiones al otro lado de la A2.

Incluso desde su posición, Carys podía ver la placa de bronce que identificaba la oficina como perteneciente a Alexander Hill, miembro del Consejo de Registro de Arquitectos y cualquier letra que siguiera después de eso.

—Dime por qué no podías simplemente llamarlo de nuevo —dijo mientras luchaba con un paraguas endeble que estaba decidido a darse la vuelta por tercera vez.

—Porque no contesta su teléfono y estoy harto de dejar mensajes.

—¿No estará jugando al golf con este tiempo, verdad?

—Quién sabe, pero su recepcionista me dijo que está en la oficina hasta las cuatro de hoy, así que pensé que sería una buena idea hacerle una visita y llamar su atención sobre el hecho de que estamos tratando con un hombre muerto en una de sus propiedades.

Satisfecha de que tendría un mínimo de protección contra los elementos, Carys lideró el camino a través de la concurrida calle, esquivando un charco que sospechaba ocultaba un profundo bache con un rápido paso lateral, y luego se paró en la acera frente al negocio de desarrollo inmobiliario de Hill.

—¿Te parece bien si dirijo esta? —dijo.

Su colega frunció el ceño. —¿Por qué?

—Porque te está ignorando. Así que estoy pensando que tiene algo que ocultar. Tú lo presionas, yo lo encanto. ¿Suena bien?

Los hombros de Gavin se relajaron. —De acuerdo, sí. Tiene sentido.

—No te preocupes, no voy a robarte el protagonismo si es culpable de algo.

Sonrió, luego se dio la vuelta y empujó la puerta

antes de que él tuviera la oportunidad de responder, dejó caer su paraguas en un soporte junto a un felpudo estratégicamente colocado, y luego se dirigió hacia el mostrador de recepción.

—Buenas tardes. —Señaló con el pulgar por encima de su hombro, antes de mostrar su placa—. Mi colega aquí habló con usted antes, ¿verdad?

—Oh, sí. Sí, lo hizo. —Los ojos de la recepcionista se agrandaron, y dejó a un lado el libro que había estado leyendo—. ¿Puedo ayudarles?

—Nos gustaría hablar con Alexander Hill, por favor.

—Está ocupado, pero puedo…

—Ahora, por favor. —Carys sonrió—. El agente Piper ha dejado varios mensajes en el transcurso de las últimas cuarenta y ocho horas, pero su jefe parece pensar que su hándicap de golf es más importante que una investigación de asesinato. Si prefiere acompañarnos de vuelta a la comisaría de Maidstone para asistir a una entrevista formal, está bien, pero…

—Iré a buscarlo para ustedes.

La recepcionista empujó su silla hacia atrás y se apresuró hacia una puerta detrás de su escritorio, cerrándola tras ella.

Carys se volvió para encontrar a Gavin negando con la cabeza.

—Eres increíble, Miles.

—Funcionó, ¿no?

—Se supone que tú eres la que debe ser amable, ¿recuerdas?

Pasos que se acercaban impidieron cualquier réplica de Carys cuando la recepcionista empujó la puerta momentos antes que su jefe.

Alexander Hill miró a través de sus gafas bifocales a los intrusos, resopló y luego hizo un gesto a los dos detectives. —Supongo que si están aquí, bien pueden pasar.

Carys se apresuró tras él, atrapando la puerta que se cerraba detrás del promotor inmobiliario, quien marchaba a paso rápido por un pasillo irregular y subía por una estrecha escalera.

Los peldaños crujían bajo los pasos de Hill, su corpulenta figura bloqueaba la luz de una ventana del piso superior y creaba una sombra sobre la alfombra bajo sus pies.

Ella levantó la mirada mientras lo seguía, preguntándose si la tweed seguía realmente de moda, y notando la forma en que llevaba el pelo de punta, similar a su colega que caminaba pesadamente detrás de ella.

El hombre era una colección variopinta de contradicciones.

Hill se detuvo en una puerta en lo alto del rellano y les indicó que pasaran, antes de moverse hacia una silla detrás de un escritorio cubierto de recibos y hojas de cálculo.

—Mis disculpas, detectives. Me encuentran en un momento estresante: mi contable nos dejó la semana pasada por problemas de salud y estoy tratando de entender las cuentas de este año antes de que termine el año fiscal.

Gavin se acomodó en la silla de la izquierda, sacando su libreta del bolsillo de la chaqueta, y no dijo nada. Miró fijamente a Hill.

Carys permaneció impasible mientras el promotor inmobiliario se ajustaba la corbata y se hundía en su propia silla.

Si el hombre se sentía incómodo, no le importaba. Ella quería respuestas.

—¿Por qué no ha devuelto las llamadas y mensajes de mi colega, señor Hill?

En respuesta, él señaló el papeleo esparcido por su escritorio, pero Gavin habló antes de que pudiera responder.

—El papeleo no es una excusa válida, señor Hill. Tampoco lo es jugar al golf. Estamos tratando con lo que parece ser el brutal asesinato de un hombre cuyo cuerpo fue encontrado empotrado dentro de un edificio que usted desarrolló durante el verano pasado. Y nos gustaría tener algunas respuestas, por favor.

Reprendido, Hill apoyó los brazos en el escritorio y pareció mostrarse arrepentido. —Lo siento mucho, detective Piper. Me doy cuenta de que debería haber devuelto sus llamadas, y me disculpo. ¿Qué es lo que quieren preguntarme?

—¿Por qué decidió adjudicar la gestión de la construcción de las obras de remodelación a Brancourt and Sons?

—John y su equipo habían trabajado en contratos similares para mí durante los últimos tres años, en proyectos de menor envergadura que el Edificio Petersham, pero siempre con un alto grado de acabado. Son las empresas más antiguas como la suya en las que se puede confiar; las que llevan establecidas mucho tiempo. Cuando envié la licitación, sabía que la suya sería la más sólida. No era la más barata, pero sabía qué esperar.

—¿Una cantidad conocida, quiere decir?

—Exactamente, y eso es a menudo difícil de encontrar en esta industria.

—¿Qué pasó después de que adjudicara el contrato a Brancourt and Sons? —dijo Gavin—. ¿Renunció a todo el control sobre el proyecto?

—En absoluto. La tarea de John era encargarse del funcionamiento diario de las obras de remodelación: adjudicar contratos para trabajos como iluminación, telecomunicaciones, carpintería, etcétera, y asegurarse de que todo se completara de acuerdo con el calendario del proyecto. Básicamente, el propósito de su contrato era ahorrarme la gestión del papeleo y distribuir el riesgo para que mi empresa no fuera totalmente responsable financieramente de terminar el lugar a tiempo.

—Brancourt mencionó que estaba esperando copias de los planos finalizados de las obras de remodelación completadas de su parte —dijo Gavin—. ¿Tiene idea de cuándo estarán disponibles?

—Lo siento, no estoy seguro en este momento. Mi controlador de documentos trabaja a tiempo parcial y todavía estamos tratando de ponernos al día con todo el trabajo que completamos durante el verano. Puedo hacer que se les envíe un juego de planos tan pronto como estén listos, si lo desean.

—Eso sería apreciado, gracias.

—¿Recuerda algún problema durante las obras? —dijo Carys—. ¿Algún altercado entre contratistas que pudiera haber llevado a la muerte de este hombre?

Hill negó con la cabeza. —Nada fue llevado a mi

atención cuando asistí a las reuniones del sitio. Ese es el foro habitual para que los contratistas expresen cualquier queja, para que pueda ser registrada en acta y luego resuelta.

—¿Ha hablado en absoluto con los medios sobre esto? —dijo Carys.

Hill negó con la cabeza. —Es por eso que he estado evitando contestar el teléfono, para ser honesto. Gilly, ahí fuera, ha estado atendiendo las llamadas a esta oficina, pero no me he atrevido a revisar los mensajes de mi buzón de voz desde que se dio la noticia. —Levantó su móvil—. No lo he encendido desde el martes.

—¿De qué tiene miedo, señor Hill? —dijo Gavin.

—¿Miedo?

—Un hombre en sus circunstancias, dirigiendo su propio negocio, del que se espera que esté disponible para cualquier cantidad de consultas de sus clientes y contratistas, ¿no contesta su teléfono? Eso no parece probable —dijo Gavin.

Hill se tiró del lóbulo de la oreja, pero no dijo nada.

—¿Alguien lo está amenazando? —dijo Carys. Extendió la mano y la colocó sobre el papeleo—. Puede decirnos, si ese es el caso.

—No me están amenazando, no. Pero hubo

algunas… indiscreciones… con respecto a los contratos en el Edificio Petersham con las que no estaba contento. Me preguntaba… —Se quitó las gafas y pulió un lente con la esquina de su camisa antes de volvérselas a poner—. Me preguntaba si eso tenía algo que ver con todo esto.

—¿De qué manera? —dijo Gavin—. ¿No era usted responsable de gestionar los contratos?

—Solo los de alto nivel. Como dije, el equipo de gestión de la construcción, Brancourt and Sons, fue contratado para manejar todos los contratos en el sitio. Mi papel en estas cosas es localizar propiedades adecuadas para desarrollar, recaudar el capital y luego gestionar al contratista principal, Brancourt and Sons en el caso del Edificio Petersham.

—¿Qué tipo de indiscreciones quiere decir? —dijo Carys.

Hill extendió la mano y ordenó una pila de páginas en la esquina de su escritorio, luego suspiró. —Miren, no oyeron esto de mí, ¿de acuerdo? No necesito problemas.

Carys permaneció en silencio, agradecida de que su colega hiciera lo mismo.

Después de un momento, Hill captó la indirecta y levantó las manos. —Han estado circulando rumores de que la empresa de Mark Sutton no es exactamente legítima.

—¿Quién es Mark Sutton? —dijo Gavin.

—Es dueño de Sutton Site Security. Brancourt and Sons les otorgó el contrato para mantener un perímetro cercado alrededor del edificio mientras duraban las obras, para asegurarse de que no hubiera intentos de allanamiento. Algunos de los contratistas dejaban equipos valiosos allí en lugar de llevárselos cada tarde, y luego, por supuesto, estaban los suministros que se almacenaban antes de su instalación.

—¿En qué sentido no es legítimo el negocio de Mark Sutton? —preguntó Carys.

—¿Lo ha conocido?

—No.

—Tiene fama de ser un poco estafador, y se rodea de gente con antecedentes similares a los suyos.

—¿Del tipo criminal? —dijo Carys.

Hill se encogió de hombros. —No podría decirlo. Como dije, no necesito problemas y Sutton no es alguien con quien me gustaría tratar, lo que hizo que la elección de su empresa por parte de John fuera incómoda, por decir lo menos. Realmente no necesito ese tipo de publicidad negativa encima de todo lo que ha pasado esta semana.

Carys hizo una señal a Gavin, luego se volvió hacia Hill y deslizó una de sus tarjetas de visita sobre el escritorio desordenado hacia él.

—Nos iremos solos, pero necesitaremos hablar con usted de nuevo durante el curso de nuestras investigaciones. Mientras tanto, si se le ocurre algo más que pueda ayudarnos, puede contactarme en ese número. O puede llamar al agente Piper. Después de todo, tiene su número en su teléfono, ¿verdad?

Hill asintió, con una expresión avergonzada cruzando sus facciones. —Sí, lo tengo.

Carys no dijo nada más hasta que se retiraron al área de recepción y recuperó su paraguas.

Una vez fuera, se volvió hacia Gavin.

—Es un bastardo insensible, ¿no? Todo lo que podía pensar era en el daño potencial a su negocio, no en el hecho de que alguien murió en el sitio de uno de sus proyectos.

—Te hace preguntarte por qué —dijo Gavin.

CAPÍTULO 9

Kay envolvió sus dedos alrededor de la cálida cerámica de su taza de café y evaluó a los oficiales de investigación y al personal administrativo que se apresuraban a unirse a ella en el extremo más alejado de la sala de incidentes.

Mientras esperaba que encontraran asientos, caminaba frente a la pizarra reflexionando sobre la entrevista de la mañana con John Brancourt, y luego levantó la mirada ante un movimiento en la puerta.

Sonrió cuando el comisario Devon Sharp levantó la mano en señal de saludo antes de abrirse paso entre los escritorios y la multitud reunida.

—¿Te importa si me uno a esta? —dijo cuando llegó hasta ella—. Pensé que te ahorraría tener que ir a la sede más tarde para informar a la comisario jefa. Puedo reportarle a ella y dejarte continuar.

—Eres un salvavidas, jefe, gracias. ¿Cuáles son las últimas noticias de la unidad de enlace con los medios?

—Los buitres están dando vueltas —dijo—. Semana lenta de noticias.

—Maldita sea, qué lástima.

—Lo sé.

En la experiencia de Kay, si un asesinato captaba la atención de los medios durante una semana en la que no había eventos importantes u otros incidentes que reportar, la investigación subsiguiente se convertiría en su único enfoque. El efecto era de constante interrupción, ya que las llamadas telefónicas, correos electrónicos e incluso visitas personales de periodistas esperanzados que pedían una historia antes que sus competidores se intensificaban.

—Hay un equipo de noticias afuera en este momento —dijo Sharp.

—¿Qué, aquí?

—Han tenido el sentido común de instalarse al pie de Gabriel's Hill, pero tal vez quieras advertir a tu gente. Y si alguno de vosotros es emboscado afuera por la prensa, quiero saberlo inmediatamente, ¿de acuerdo?

—No hay problema. Gracias por el aviso.

Él asintió, luego miró por encima de su hombro.
—Bueno, parece que todos están aquí. No te preocupes por mí. Tomaré un café y escucharé.

—Gracias. Hay galletas en mi escritorio.

Sonrió antes de alejarse, y Kay tomó un sorbo de su propia bebida caliente antes de dejar la taza en el escritorio junto a ella.

Rara vez veía a su amigo y mentor en la estación de policía de Maidstone ahora que Devon Sharp había sido ascendido al cargo de comisario, a pesar de sus mejores intentos de mantenerse alejado de la sede de la Policía de Kent en Sutton Road. Echaba de menos la fácil camaradería que había acompañado a las investigaciones anteriores en las que habían trabajado juntos en el pasado, pero aceptaba que era el curso natural de la promoción y la responsabilidad.

Al menos lograban ponerse al día cada pocas semanas para cenar con sus respectivas parejas y socializar.

—Gav, dime que lograste hablar con Alexander Hill esta mañana —dijo mientras el detective más joven tomaba asiento cerca de la pizarra.

—Sí, Carys y yo fuimos a Rochester más temprano —dijo, y repasó sus notas de la entrevista

—. Hill declaró que no estaba al tanto de ningún problema en el sitio con respecto a contratistas que tuvieran desacuerdos, pero sí planteó preocupaciones sobre la empresa de seguridad del sitio que Brancourt and Sons empleó. Nos dijo que pensaba que el dueño, Mark Sutton, podría tener conexiones criminales.

Kay dejó de escribir en la pizarra y arqueó una ceja. —¿Ah, sí? ¿Dijo por qué pensaba eso?

—Aparentemente, Sutton tiene fama de ser un estafador e incluso podría estar empleando a personas de naturaleza criminal. —Gavin indicó a su colega—. Íbamos a investigar un poco para ver qué podíamos averiguar.

—Bien. Hacedme saber lo que reunáis en las próximas veinticuatro horas. —Kay garabateó otra nota en la pizarra, luego se apartó un mechón de pelo de la cara y se volvió hacia sus colegas—. Haced una revisión completa del negocio de Sutton, con cuidado, para que no lo alertemos del hecho hasta que estemos listos para hablar con él.

—Jefa.

—Carys, ¿todos los inquilinos anteriores han sido entrevistados por los uniformados?

—Sí, jefa. —La agente se levantó de su asiento y se aclaró la garganta antes de dirigirse a sus colegas, citando de su cuaderno—. Me temo que no hay nada que destaque mucho en mi revisión de las declaraciones. La dueña de la boutique, una tal señora Felicity Hawkins, dice que terminó su arrendamiento tres meses antes de que comenzaran las obras, así que no experimentó ningún problema con los contratistas. Dijo que su negocio se desplomó una vez que todos se enteraron de la remodelación; aparentemente tenía clientes que le decían que no comprarían ropa por si no podían devolverla si no les quedaba bien, cosas así.

—Voluble —dijo Kay—, pero supongo que así es la naturaleza humana. ¿A quién más tienes?

Carys recorrió con la mirada sus notas.

—El dueño de la agencia de licencias de caballos de carreras se jubiló; ahora vive en Berkshire, y de manera similar declaró que no tuvo problemas cuando alquilaba su espacio de oficina y ni siquiera sabía que las obras habían terminado. Finalmente, los inquilinos que estaban en el piso superior dirigen una agencia de diseño gráfico. Es un matrimonio: Peter y Jane Wilberforce. Los uniformados hablaron con Peter, quien les dijo que estaban aliviados de que el arrendamiento hubiera terminado antes porque habían estado luchando por encontrar nuevos clientes. Han estado dirigiendo su negocio desde casa desde que comenzaron las obras.

—Ninguno de ellos suena como el tipo de persona que guardaría rencor —dijo Barnes.

—Cierto —dijo Kay—. Muy bien, por ahora dejaremos a los inquilinos a un lado. No están bajo sospecha per se, a menos que surja algo más durante el curso de nuestras investigaciones.

Escribió una cruz al lado de los nombres de cada inquilino en la pizarra, luego volvió a tapar el rotulador y se dirigió al equipo.

—¿Quién habló con los instaladores de alfombras?

El sargento Hughes levantó la mano.

—Yo, jefa. Había dos de ellos encargados de hacer las oficinas de arriba: Michael Blake y Andy James. Hablé primero con Michael. Dijo que no notó nada inusual mientras trabajaban en el edificio; se quedó bastante impactado cuando le conté lo que había sucedido. Dijo que el subsuelo se instaló primero, luego pasaron un día trabajando en una de las oficinas en la parte trasera del edificio. Cuando volvieron a trabajar en la oficina delantera dos días después, dijo que nada parecía haber sido perturbado. La declaración de Andy James fue la misma: no se observó ninguna actividad inusual.

—¿Ninguna mancha de sangre en el suelo o en el subsuelo? —dijo Kay—. ¿Ninguna señal de lucha?

—Nada, jefa, no.

—Tal vez el daño en el cráneo de nuestra víctima fue causado cuando lo metieron a la fuerza en la cavidad —dijo Barnes—. Solo hemos asumido que lo golpearon en la cabeza y lo mataron.

—Buen punto —dijo Kay. Escribió la sugerencia de Barnes en la pizarra, luego revisó las notas hasta el momento. Satisfecha de haber captado todo, se volvió hacia su equipo.

—Mark Sutton y su negocio de seguridad del sitio son ahora elementos clave para esta investigación, y quiero que todos vosotros apoyéis a Gavin y Carys con esa pista. Quiero una actualización completa a primera hora de la mañana, ¿está claro?

Asintió ante el murmullo de acuerdo y luego los despidió antes de volver a la pizarra.

De alguna manera, se aseguraría de que su víctima obtuviera justicia.

CAPÍTULO 10

Kay apartó el edredón de su cara, se dio la vuelta y extendió la mano a ciegas buscando su reloj en la mesita de noche.

Sus dedos finalmente encontraron la superficie de acero inoxidable de la correa y lo acercó, parpadeando con ojos soñolientos a las esferas iluminadas.

Tres cuarenta y cinco.

Dejó caer el reloj de vuelta sobre la superficie de madera pulida y se preguntó si debería encender la luz de la mesita de noche.

Si lo hacía, sabía que nunca volvería a dormirse. Sería demasiado tentador cruzar la alfombra hasta el tocador donde su móvil estaba cargándose, y luego pasaría la siguiente hora revisando correos electrónicos antes de decidir que era demasiado tarde para luchar contra su insomnio.

En su lugar, se puso boca arriba y apoyó la cabeza en la suave funda de algodón de la almohada, el leve aroma de ropa recién lavada aportando algo de paz a sus nervios destrozados.

Adam roncaba suavemente, de espaldas a ella y con el edredón subido hasta sus pantorrillas. Odiaba tener los pies cubiertos sin importar la estación, y ella envidiaba su habilidad para quedarse dormido en el momento en que se apagaba la luz.

Sabía que era porque él nunca sabía cuándo podría recibir una llamada de emergencia durante la noche; simplemente intentaba dormir todo lo posible.

Sus pensamientos volvieron a su repentino despertar, y aguzó el oído.

Algo la había arrancado de su sueño, de eso estaba segura.

No podía recordar ninguna pesadilla; ningún recuerdo de su experiencia cercana a la muerte a manos de uno de los asesinos más malvados de Kent resonaba en su mente privada de sueño.

No, era algo más.

Algo cercano.

Contuvo la respiración cuando el sonido de un coche en el camino llegó a sus oídos, el motor amortiguado por las nuevas ventanas de doble acristalamiento que habían instalado hacía dieciocho meses.

No había sido barato, pero habían insistido en que se instalaran cerraduras en todos los marcos, un testimonio de un allanamiento anterior que había fracturado la confianza de Kay en el santuario de su propio hogar.

Aun así, aguzó el oído para tratar de descifrar los movimientos del vehículo mientras se acercaba y luego aceleraba más allá de su camino de entrada y subía hasta la rotonda que separaba las casas antiguas de la urbanización más nueva.

Kay exhaló, sintiendo que un poco de la tensión abandonaba su cuerpo, pero permaneció una sensación de mal presagio.

No había sido el coche lo que la había despertado, entonces, ¿qué había sido?

Adam resopló en sueños, su pie dando una patada.

Kay sonrió; se había apuntado a fútbol sala una noche a la semana después del trabajo y se había obsesionado con el deporte. Sin duda ahora mismo estaba soñando con el gol que se le escapó.

Un estrépito desde abajo hizo que su corazón se acelerara, y apartó el edredón, sus pies encontrando la alfombra antes de lanzarse hacia su teléfono móvil.

—¿Qué está pasando?

La tenue luz de la calle a través de las cortinas silueteaba la forma de Adam mientras se incorporaba en la cama, su voz confundida.

—Hay alguien abajo.

Se despertó en un instante.

—¿Estás segura? Pusimos la alarma.

—Las alarmas pueden fallar —siseó Kay—. Voy a bajar.

—Espera. —Adam apartó el edredón de una patada y alcanzó los pantalones que había tirado sobre la silla bajo la ventana—. No vas a bajar sola.

Kay se puso los vaqueros e intentó no caminar de un lado a otro.

Las tablas del suelo de la vieja cabaña tenían tendencia a crujir y ella tenía toda la intención de atrapar al intruso, en lugar de darle un aviso anticipado de que lo habían oído.

—¿Listo?

Adam se unió a ella en la puerta del dormitorio.

—Voy primero.

Kay abrió la boca para protestar, pero él ya había arrancado la puerta del marco y corría por el pasillo hacia lo alto de las escaleras.

Mientras lo seguía, divisó la característica luz

verde parpadeante del panel de la alarma junto a la puerta principal y la confusión la invadió.

¿Por qué no había funcionado la alarma?

Adam agarró un paraguas de un jarrón alto al pie de las escaleras y se volvió hacia la sala de estar. Levantó la mano. —Despacio.

Empujó la puerta con el codo y luego usó la mano para encender la luz.

La sala de estar estaba vacía, sin alteraciones.

—Cocina —dijo Kay.

No esperó por él, sino que se apresuró hacia la puerta, impulsada por la ira.

¿Cómo se atrevían? Después de todo lo que ella y Adam habían pasado en los últimos dos años, ¿cómo se atrevía alguien a invadir el santuario que tanto les había costado recrear? ¿Cómo…?

Parpadeó cuando las luces del techo de la cocina se encendieron de repente, frenando en seco sobre el suelo de baldosas.

—Dios mío.

Adam chocó contra ella, sorprendido por su repentina pérdida de impulso, y luego empezó a reír.

—No tiene gracia.

Kay caminó hacia la encimera donde estaba el terrario de cristal de Cornflake, con la bandeja de plástico para semillas que Adam había colocado encima como tapa improvisada ahora boca abajo en el suelo.

Miró dentro, observando la mezcla de serrín y cartón roído que el jerbo había amontonado en un nido en una esquina opuesta a su comedero y bebedero, y luego se volvió hacia Adam.

—¿Dónde está?

—Debe haber empujado la tapa con la cabeza — dijo él.

—¿Eso es lo que oí?

—Bueno, probablemente le llevó varios intentos lograrlo.

—Maldita sea. —Kay escudriñó el suelo, aterrada ante la idea de pisar al pequeño roedor—. ¿Adónde se ha ido?

Adam se abalanzó sobre la puerta, cerrándola antes de volverse hacia ella. —Bueno, está aquí dentro en alguna parte. Supongo que solo tenemos que encontrarlo.

Kay miró el reloj del horno y gimió mientras Adam se ponía a gatas y empezaba a mirar debajo de los armarios.

—Son las cuatro de la mañana. Ya no hay forma de volver a dormir ahora.

CAPÍTULO 11

Más tarde esa mañana, Kay se frotó los ojos cansados e intentó concentrarse en el informe de Gavin sobre las actividades comerciales de Mark Sutton, mientras Barnes adelantaba a una motocicleta y tamborileaba con los dedos en el volante al ritmo de una melodía que silbaba entre dientes.

Adam finalmente había logrado sacar a Cornflake de un hueco debajo del refrigerador con un trozo de pepino, y luego lo había colocado de vuelta en su terrario. Había asegurado la tapa con medio ladrillo que encontró en el jardín antes de salir corriendo para su primera cita a las seis en punto.

Ahora Sandra, la recepcionista de John Brancourt, acompañó a Kay y Barnes a la oficina del director del proyecto, cerrando la puerta tras ellos.

Kay no perdió tiempo con cortesías mientras su colega tomaba asiento a su lado.

—Cuéntenos sobre Sutton Site Security, señor Brancourt.

Él exhaló. —No tuve mucha elección en cuanto a ellos.

—¿Ah, sí? ¿En qué sentido?

—Era menos problemático darles el trabajo que no hacerlo.

—Mejor déjenos decidir eso —dijo Barnes—. Continúe. ¿Qué tipo de problemas?

Brancourt empujó su silla hacia atrás y se movió hacia la ventana, mirando a través de las persianas la actividad exterior antes de volverse hacia ellos, con el rostro pálido. —Tienen que tener cuidado con cómo usan esta información. Tengo una familia; empleados que cuidar.

—Haremos lo que podamos —dijo Kay—. ¿Qué puede decirnos?

—Empezamos a emitir licitaciones para proveedores de trabajos de seguridad el pasado enero —dijo—. No debíamos estar en el sitio hasta abril, pero para cuando tienes suficiente tiempo para evaluar las ofertas y negociar un contrato... bueno, digamos que puede llevar un tiempo. Contactamos a tres empresas, el mínimo requerido por Hillavon

Developments para cada contrato después de hacer una evaluación de riesgos de los contratistas disponibles. Dos días después de que se publicara la licitación, recibí una llamada telefónica.

Kay frunció el ceño cuando un escalofrío recorrió los hombros del hombre. —¿De quién?

—No lo sé. Es decir, podría arriesgarme a adivinar, pero preferiría no hacerlo —dijo Brancourt.

—¿Qué dijo la persona que llamó? —preguntó Barnes.

—Dijo que si no le daba el trabajo a Sutton Site Security, me arrepentiría. Eso fue todo. Me sacudió, pero me han amenazado antes; es algo que viene con el territorio, para ser honesto.

—¿Y quién cree que hizo la llamada? —dijo Kay.

Brancourt metió las manos en los bolsillos de sus vaqueros y contempló las baldosas de la alfombra por un momento. —Mark Sutton, el dueño. Después de todo, ¿por qué un completo extraño me diría que los usara? Aunque sonaba diferente, como si estuviera tratando de disfrazar su voz, así que no puedo estar seguro, ¿de acuerdo?

Kay notó el tono de pánico en su voz y le indicó que volviera a su asiento. —De todos modos íbamos a hablar con Mark Sutton, dadas las circunstancias de la muerte de la víctima, señor Brancourt.

Se hundió en la silla de oficina de cuero con un suspiro. —Por favor, no me malinterpreten, si puedo ayudar de alguna manera, lo haré. Pero tengo una familia en la que pensar; no los pondré en peligro.

—Volvamos a la llamada telefónica —dijo Barnes—. Supongo que ignoró la advertencia, ¿verdad?

Brancourt asintió. —Sí, hasta que dos de nuestros generadores desaparecieron del patio tres días después. Dos días después de eso, forzaron uno de nuestros cobertizos de herramientas y se llevaron la mitad del equipo.

—¿Lo denunció a la policía? —dijo Kay.

Brancourt soltó una risa ahogada. —Por supuesto que no lo hice, maldita sea. Era bastante obvio lo que estaba pasando. Una semana después de la primera llamada, recibí otra. El tipo al otro lado, Sutton o quien fuera, dijo que se había enterado de que tenía un problema de seguridad y que tal vez quisiera reconsiderar su consejo. No ayudó que la empresa de seguridad que usamos aquí también fuera una de las licitantes de las que estábamos esperando respuesta; los hacía parecer incompetentes, especialmente cuando descubrimos que habían estado recortando gastos en la asistencia. Dos de las cámaras de videovigilancia también estaban defectuosas.

—¿Qué hizo usted?

—Le dije al que llamó que vería qué podía hacer. —El rostro de Brancourt enrojeció—. Al final, le dije a nuestro gerente de contratos que invitara a Sutton Site Security además de los tres licitantes a los que ya habíamos consultado. La fecha de apertura de la licitación no era hasta dentro de un par de días y, dado lo que había sucedido aquí, probablemente pensó que yo quería una alternativa a la empresa que usamos.

—Pero seguramente aún tenía que convencer a todos una vez que se presentaron las licitaciones de que Sutton Site Security era la empresa a la que se le debía adjudicar el contrato, ¿verdad? Es decir, cualquiera de las otras podría haberles ganado en precio o experiencia —dijo Kay.

—Oh, tienen experiencia —dijo Brancourt—. En cuanto al precio, bueno, dado que recibieron la licitación después que todos los demás, esperé hasta el final de una tarde para publicar una adenda a la licitación extendiendo la fecha de cierre por cuarenta y ocho horas para las otras tres partes. Por supuesto, para entonces ya tenía dos de las licitaciones. Se envían por correo electrónico y luego las copias impresas se depositan en el buzón de licitaciones en recepción; de esa manera, podemos entregar rápidamente las licitaciones abiertas al equipo de evaluación. Ahorra en costos de papel e impresión.

—Y eso le dio la excusa perfecta para abrir los correos electrónicos y verificar los precios —dijo Barnes, entrecerrando los ojos—. Así que luego le dijo a Sutton Site Security cuánto ofertar, ¿verdad?

Brancourt se inclinó hacia adelante, colocando sus manos temblorosas sobre el escritorio. —No tuve elección.

—Necesitaremos copias de su oferta y cualquier correspondencia relacionada con la licitación.

—Lo…lo siento. No puedo hacer eso.

—¿Por qué no?

—Nuestro sistema informático desarrolló un error crítico en julio; el ingeniero de software que trajimos para arreglarlo dijo que creía que la ola de calor del verano fue demasiado para el sistema de ventilación en nuestra sala de servidores. Para cuando llegamos el lunes, habíamos perdido seis meses de datos, incluida la documentación de licitación para el contrato de seguridad del sitio.

—Está bromeando —dijo Barnes.

El gerente de construcción negó con la cabeza, con el color subiendo a sus mejillas.

—¿Qué hay de la documentación en papel? —dijo Kay, consciente del tono de desesperación que teñía sus palabras.

—Lo siento, no la conservamos. —Brancourt se

encogió de hombros—. No hay necesidad de ella una vez que se abren las ofertas. Todo se hace electrónicamente en estos días. Es realmente solo una formalidad.

—¿Alguien cuestionó por qué favorecía a la empresa de Mark Sutton?

—No, y la oferta que recibimos cumplía con los criterios de la licitación, así que en lo que respecta a cualquier otra persona por aquí, eran el contratista adecuado para el trabajo.

—Vaya. —Kay miró a Barnes, quien tenía una expresión perpleja.

—¿Por qué nadie los denuncia? —dijo él—. Después de todo, lo que le hicieron a usted es extorsión.

Brancourt se encogió de hombros. —Porque son buenos. Además, una vez que estuvieron en el sitio, garantizó que ningún otro criminal iba a atacar el proyecto o mi empresa, ¿no?

CAPÍTULO 12

Kay decidió llevar a Barnes con ella para entrevistar a Mark Sutton al día siguiente, dada la experiencia del detective mayor.

Mientras estacionaba el coche en reversa en un espacio cerca del complejo industrial, el oficial levantó la vista de su teléfono móvil.

—Esto dice que debería ser esa pequeña unidad de allí a la izquierda —dijo—. La del extremo.

Kay miró hacia donde él indicaba y vio una línea achaparrada de cuatro locales comerciales pintados de beige, todos idénticos excepto por los letreros sobre las puertas que indicaban las empresas en el interior.

Cada unidad tenía una puerta enrollable, una de las cuales estaba abierta mientras dos empleados luchaban por meter un gran escritorio desde un camión de alquiler hacia el edificio.

—¿Qué sabes sobre los negocios de al lado? —dijo ella—. Ese parece ser algún tipo de lugar de recuperación de muebles.

—Sí, su sitio web dice que venden artículos de segunda mano y cosas a bares y restaurantes —dijo Barnes—. Junto a ellos hay un distribuidor de cartuchos de impresora, luego tienes una tintorería entre ellos y Sutton Site Security.

—De acuerdo. ¿Puedes encargarte de hablar con esos negocios una vez que terminemos aquí? Consigue que los uniformados lo hagan si es necesario, pero averigua si han notado alguna actividad inusual.

—Lo haré.

Kay sacó las llaves del encendido. —Vamos.

Barnes se subió la cremallera de la chaqueta y se apresuró tras ella, con las manos metidas en los bolsillos mientras se encogía contra la fría llovizna que salpicaba el aparcamiento. —Supongo que no tienes una cita, ¿verdad?

—Supones correctamente —dijo Kay. Llegó al lado de las unidades industriales e intentó resguardarse bajo los frontones poco profundos, luego se rindió y corrió hacia la puerta principal de la unidad que albergaba Sutton Site Security.

La puerta se abrió a una escasa área de recepción, y un hombre que Kay estimó que tenía unos veinticinco años levantó la vista de su teléfono móvil con una expresión de desdén.

—¿Policía?

Kay levantó su placa en respuesta. —Necesito hablar con su jefe, Mark Sutton. Supongo que el nuevo coche deportivo de afuera es suyo y no tuyo, y que está aquí, ¿no?

El recepcionista frunció el ceño, luego señaló con la barbilla dos sillas desgastadas que habían sido colocadas bajo un cartel de salud y seguridad en la pared del fondo.

—Siéntense. Le diré que están aquí. ¿De qué se trata?

Kay sonrió. —No es asunto suyo.

Barnes esperó hasta que el recepcionista se marchó pisoteando por una puerta detrás del escritorio, y luego se volvió hacia Kay.

—Amigable —dijo.

—Mmm. —Kay se apartó de la pequeña cámara que había detectado en el techo y bajó la voz—. Mantén los ojos y los oídos bien abiertos, Ian. Sea lo que sea que Sutton se trae entre manos, no va a ser todo legal. Lo presiento.

—Lo haré.

Su mirada se dirigió a un punto por encima del hombro de Kay, y ella se giró para ver a un hombre corpulento de pelo negro rapado que se acercaba a ellos.

Extendió la mano, con una sonrisa que no llegaba a sus ojos azules.

—Inspectora Hunter. Soy Mark Sutton. ¿A qué debemos el placer?

Kay mantuvo las manos en los bolsillos de su chaqueta.

—Tenemos algunas preguntas relacionadas con los servicios de seguridad que proporcionaron para las obras de construcción en el Edificio Petersham. ¿Tiene algún lugar donde podamos hablar en privado?

Se encogió de hombros, el gesto enviando una ondulación a través de sus anchos hombros antes de señalar hacia una puerta al lado del mostrador de recepción.

—No usamos mucho el garaje. Podemos hablar allí. Espero que no quieran café. Se nos acabó.

Sutton tiró de un cordón a la derecha de la puerta y una hilera de luces fluorescentes parpadeó en el techo del amplio espacio.

Kay se tomó un momento para orientarse y se dio cuenta de que las oficinas ocupaban la mitad de la unidad y luego se habían ampliado para crear un nivel de entresuelo.

Las ventanas proporcionaban a los ocupantes de la oficina de arriba una vista sobre el garaje, pero la sala parecía desierta por ahora. Al igual que el espacio del garaje, salvo por una fila de cajas contra una pared y una carretilla elevadora estacionada entre las sombras de la pared del fondo.

—¿Dónde está todo su personal, señor Sutton?

—Trabajando —dijo—. Para eso se les paga.

—Parece un derroche tener todo este espacio y dejarlo vacío.

—¿Me está diciendo cómo dirigir mi negocio?

—Solo es una observación —dijo Kay—. Cuénteme cómo ganaron el contrato para proporcionar seguridad en el Edificio Petersham.

—Cumplimos todos los criterios de la licitación y superamos los precios de nuestros competidores.

Kay se movió hacia las cajas.

—¿Qué está haciendo? —Mark Sutton comenzó a seguirla, pero Barnes se interpuso en su camino y el hombre lo miró con furia.

Barnes se mantuvo firme. Aunque el dueño de la empresa de seguridad estaba construido como un delantero de rugby, la altura de Barnes le daba cierta ventaja. Sostuvo la mirada del hombre y permaneció inmóvil.

Kay llegó a las cajas y pasó la mano por una de ellas antes de mirar por encima del hombro.

—¿Qué hay en estas?

—Material de oficina. —Sutton rodeó a Barnes, pero no se acercó más—. Los recibimos ayer. Hojas de registro de tiempo y cosas así.

Kay se alejó, poco convencida pero incapaz de buscar más sin tener causa probable para hacerlo. Era consciente de que Sutton sabía que lo estaba poniendo a prueba, y cambió de táctica una vez más.

—Hemos oído rumores de que tiene la costumbre de intimidar a la gente para asegurarse de ganar contratos —dijo.

—Mentiras —dijo Sutton. Levantó las manos en un gesto de "qué se le va a hacer"—. A nuestros competidores no les gusta que ganemos los contratos. Sin embargo, nuestros clientes tienden a volver una y otra vez.

—¿Roba equipos para coaccionar a sus clientes para que lo contraten?

Se rio entre dientes.

—No, detective, no lo hago. Eso sería ilegal. Además, ¿dónde pondría las cosas? Puede ver que solo somos una pequeña operación.

Kay miró por encima de su hombro cuando la puerta del área de recepción se abrió y apareció la figura de un hombre recortada contra las luces más brillantes del otro lado.

—Jefe, tiene una llamada urgente —dijo.

Barnes se giró al oír la voz y luego volvió a mirar a Kay, con una expresión de incredulidad.

Ella hizo un ligero gesto con la cabeza para silenciar cualquier palabra que estuviera pensando pronunciar, pero compartió su sorpresa.

—Señor Sutton, no sabía que conocía a Gary Hudson. Hudson, ¿cuándo te soltaron? Pensé que tus actividades con Demiri te habían encerrado por mucho tiempo.

El hombre se acercó, con un gruñido en los labios.

—Me soltaron antes por buena conducta, no gracias a usted.

Kay se volvió hacia su jefe.

—No creo que sea bueno para el negocio emplear a un criminal conocido, Sutton. A menos que algunos de sus rasgos le fueran útiles.

Extendió las manos.

—Mi esposa siempre decía que era un blando con los perros callejeros.

—Debe ser muy comprensiva.

—Lo era, que Dios bendiga su alma. —Sutton se

llevó la mano al corazón mientras una sonrisa benévola cruzaba sus labios—. Falleció hace tres años.

—¿Tiene alguna idea de cómo llegó un hombre muerto a la cavidad del techo del área de descanso en el Edificio Petersham?

—¿Qué? No —dijo—. Nuestro alcance de trabajo era proporcionar seguridad externa a lo largo del perímetro de las obras, detective. Nadie entraba a menos que fuera invitado. Al menos, nadie de mi empresa.

—¿Sabe de alguien más que pudiera haber tenido acceso, especialmente después de que los contratistas del suelo terminaran y antes de que llegaran los instaladores de alfombras?

—Todos los registros que tuvimos que mantener en relación con el acceso al sitio se pasaron a John Brancourt y Alexander Hill diariamente —dijo Sutton—. No tengo necesidad de conservarlos. Esa documentación formaba parte de los requisitos del sistema de calidad que teníamos que cumplir. Lo cual hicimos. Deberían hablar con ellos. Aunque, supongo que ya lo han hecho, dado que están aquí.

Kay no dijo nada e indicó a Barnes que se iban antes de entregarle una tarjeta a Sutton.

—Llámeme si recuerda algo sospechoso que haya ocurrido en el sitio.

Los condujo hasta la puerta, pasando junto a Hudson, quien dirigió una mirada venenosa a Kay, y luego abrió la puerta principal para ella.

Dejó que Barnes saliera antes que ella antes de volverse hacia Sutton.

—Creo que sabe mucho más sobre mi víctima de lo que está dejando entrever, Mark.

Él sonrió con desprecio, sus nudillos volviéndose blancos mientras agarraba el marco de la puerta.

—Pruébelo —dijo, y le cerró la puerta en la cara.

CAPÍTULO 13

Para cuando Kay llamó la atención de su equipo para la reunión informativa de la tarde, los niveles de energía en la sala habían ganado impulso.

A medida que salía a la luz más información y se seguían nuevas pistas, la investigación había comenzado a florecer, dejando atrás la anterior sensación de inercia que envolvía al grupo unido de detectives.

—Empecemos, todos —llamó ella—. Vamos a estar aquí durante el fin de semana, así que cuanto antes concluyamos esta reunión informativa, antes podrán irse a casa con sus familias esta noche.

Siguió una ráfaga de actividad cuando los oficiales uniformados se unieron a los detectives y al personal civil junto a la pizarra y agarraron la silla más cercana, se sentaron en las esquinas de los escritorios o simplemente se apoyaron contra la pared más próxima.

Finalmente, el alboroto se apagó, y Kay repasó las tareas que habían sido completadas por cada oficial superior y sus equipos. Una por una, las pistas se cerraban o se tomaba la decisión de seguirlas más a fondo hasta que Kay se volvió hacia el equipo y se aclaró la garganta.

—Cuando entrevistamos a John Brancourt, nos dijo que aún estaba esperando los planos de construcción finales aprobados de Alexander Hill que registran todo el trabajo completado en el sitio. ¿Qué dijo sobre eso cuando hablaste con él ayer?

—No parece nada sospechoso, jefa —dijo Carys—. Hill confirmó que Brancourt and Sons recibirá los planos, pero en este momento están pasando por un proceso final de aprobación y su controlador de documentos solo trabaja tres días a la semana. Con todo el trabajo de remodelación en el que ha estado involucrado, tienen un retraso de unas nueve semanas. Esos planos finales no estarán listos hasta finales de marzo. —Señaló con la barbilla el papeleo que cubría el escritorio de Debbie—. Sin embargo, obtuvimos impresiones de los planos del proceso original de aprobación de construcción del ayuntamiento, y esos se registrarán durante el fin de semana.

—Les eché un vistazo rápido antes, jefa —dijo Gavin—, pero no hay nada inusual marcado en ellos en relación con la cocina y el área de descanso o la oficina de arriba.

—Está bien, gracias —dijo Kay, luchando por mantener la decepción fuera de su voz.

—¿Cómo te fue con el jefe de Sutton Site Security? —dijo Carys.

—Definitivamente es una persona de interés —dijo Kay—. Respondió a todas nuestras preguntas con demasiada suavidad para mi gusto, como si hubiera pasado los últimos seis meses ensayando sus respuestas. Sé que el descubrimiento de nuestra víctima ha estado en todas las noticias esta semana, pero parecía que Mark Sutton estaba listo para nosotros. Luego está el hecho de que Gary Hudson está trabajando para él desde que salió de prisión. Y el tipo que era el recepcionista, Wayne Markham. ¿Te has encontrado con él antes?

—No puedo decir que el nombre me suene —dijo Gavin—. ¿Tienes una foto?

Kay alcanzó una carpeta en el escritorio junto a ella, y luego colgó una imagen a color que había imprimido momentos antes. —Logré tomar una foto mientras Barnes salía del estacionamiento. Está un poco desenfocada. También revisé HOLMES. No tiene antecedentes, y nunca lo hemos entrevistado antes.

Barnes sacó sus lentes de lectura de su chaqueta, luego los colocó en el puente de su nariz para ver mejor la imagen. —Yo pensé que parecía preocupado. Se mantuvo callado mientras hablábamos con Sutton, pero sus ojos estaban atentos.

Kay les hizo un gesto para que volvieran a sus asientos. —Muy bien. Gav, habla con algunos de nuestros colegas en la División Este. Ve si alguien puede arrojar algo de luz sobre este tipo y Mark Sutton. Parece establecido, así que obviamente ha estado manteniéndose limpio hasta ahora.

—Lo haré.

El teléfono de un escritorio interrumpió los procesos de pensamiento de Kay y Carys saltó de su asiento para apresurarse a cruzar la habitación y responderlo.

La voz de la agente bajó a un murmullo cuando levantó el teléfono de la base, y Kay se volvió hacia Philip Parker.

—¿Cómo van las declaraciones de los trabajadores de oficina de la empresa de software?

—Todas están en HOLMES, jefa —dijo el joven

policía—. Las he comparado con las declaraciones que obtuvimos de los otros negocios de enfrente, pero nadie vio nada sospechoso en ningún momento. También conseguimos las imágenes de videovigilancia del ayuntamiento para el período entre abril y octubre cuando la empresa de software tomó el arrendamiento.

—¿Nada?

—Lo siento, no.

—¡Jefa!

Kay vio a Carys precipitándose entre los escritorios hacia ella. —¿Qué pasa?

Antes de que la agente tuviera tiempo de responder, y para asombro de Kay, Adam apareció en la puerta de la sala de incidentes, con el rostro pálido.

Carys le hizo señas. —Jefa, necesito hablar contigo, por favor. Es urgente.

—Barnes, ¿puedes hacerte cargo?

Kay no esperó una respuesta y en su lugar pasó junto a uno de los sargentos uniformados del equipo y se apresuró hacia donde Carys se cernía detrás de una fila de sillas.

—¿Qué está pasando?

En respuesta, Carys le lanzó el bolso a Kay, y luego le metió el abrigo en los brazos. —Tienes que irte, jefa. Ahora.

Kay se dejó sacar de la habitación por la detective más joven, sus pensamientos solo alcanzando las palabras de la mujer cuando llegó a Adam.

—¿Qué haces aquí?

—Abby ha estado intentando llamarte durante los últimos treinta minutos. Tenemos que irnos. Es tu padre —dijo—. Ha tenido un ataque al corazón.

CAPÍTULO 14

Kay sorbió por la nariz, luego giró la cabeza para mirar el costado de un camión articulado mientras Adam aceleraba para pasarlo, para que él no la viera llorar.

Él ya tenía suficiente de qué preocuparse; el tráfico en la M25 era atroz, el viento azotaba escombros a través de los ocho carriles y los arrojaba a las cunetas a ambos lados.

La lluvia golpeaba contra el parabrisas, un flujo persistente de agua que luchaba contra los limpiaparabrisas y causaba que riachuelos escaparan por la ventana del pasajero.

Su cuerpo se inclinó contra el cinturón de seguridad que llevaba puesto cuando Adam aplicó los frenos, con una suave maldición bajo su aliento.

Después de aparecer en la sala de incidentes, la había tomado del brazo y la había guiado hacia su vehículo que estaba estacionado afuera en líneas amarillas dobles, luego levantó el dedo del medio a un conductor que tocó la bocina mientras abrían las puertas de golpe, antes de arrancar de la acera a tal velocidad que la cabeza de Kay se había golpeado contra el reposacabezas antes de que tuviera la oportunidad de abrocharse el cinturón de seguridad.

—No puedo creer que no llamara al teléfono de mi escritorio —dijo Kay.

—Probablemente estaba entrando en pánico.

Kay contuvo su enojo. No iba a descargar su frustración en Adam.

Se dio la vuelta para ver su mandíbula tensa, sus ojos enfocados en el tráfico que fluía frente a ellos.

—El maldito cruce de Leatherhead nunca cambia —murmuró entre dientes—. Vamos. Muévanse, gente.

—Puedo tomar el volante cuando te canses. Aún nos queda un largo camino por delante.

—No te voy a dejar cerca de este volante en el estado en que estás.

Kay exhaló y cerró los ojos.

Sabía que era mejor no discutir, y después de todo, él tenía razón.

Su mente era un revoltijo de tareas que no había tenido tiempo de delegar a su equipo de investigación y consejos de entrenamiento que debería haberle dado a Barnes para ayudarlo en su ausencia. Como un torrente de agua por debajo de todo esto estaba el pensamiento de que nunca le había agradecido a su padre por lo que había hecho por ella; que podría no tener la oportunidad.

Abrió los ojos y se inclinó hacia adelante. —¿Quién está cuidando a Cornflake?

—Scott se lo ha llevado a casa con él. Estaba en la clínica cuando Abby me llamó, así que le di mi llave de casa y usé la de repuesto para entrar y coger nuestras cosas. Deja de preocuparte por el hámster, Kay. Estará bien.

Kay murmuró una respuesta y luego revisó su móvil de nuevo.

Mientras se apresuraba a salir de la sala de incidentes, se había dado cuenta de que su hermana había llamado tres veces, cada llamada yendo al buzón de voz mientras Kay dirigía a su equipo en la reunión de la tarde. Había intentado llamar a Abby cuando salieron de Maidstone una vez que logró contener los sollozos que la habían sacudido en el momento en que llegaron a la M20, pero su hermana no había respondido.

En cambio, había tenido que escuchar un alegre mensaje de voz para dejar un mensaje después del tono, el ruido de las risas de sus dos sobrinas de fondo desgarrando su corazón.

¿Era una mala señal, o su hermana la estaba ignorando?

Desde entonces, la pantalla permanecía en blanco. Sin mensajes nuevos, sin llamadas perdidas.

—Probablemente están en una parte del hospital que no tiene señal móvil.

La voz de Adam atravesó sus pensamientos, y ella dejó caer el teléfono en su bolso.

—Tal vez.

El sistema de navegación por satélite en el coche emitió un pitido, y los ojos de Kay se posaron en la pantalla del tablero. —Dice que evitemos la M4. Hay un accidente de varios vehículos.

—¿Dónde?

—Al este de Newbury.

—De acuerdo. —Adam indicó y se desvió al carril de adelantamiento, el vehículo ganando velocidad—. Iremos por Reading y cortaremos por el campo. Para cuando nos sentemos en el tráfico y trabajemos nuestro camino hacia Swindon, no habrá mucha diferencia de todos modos.

Kay observó el tráfico en los carriles más lentos

pasar en un borrón de luces traseras, la lluvia solo cesando de retumbar contra el techo del 4x4 cuando pasaban bajo puentes, señales azules indicando destinos que no había visitado en años.

Cerró los ojos.

¿Cuándo fue la última vez que vio a su padre?

Había hablado con él por teléfono hace solo unas semanas; habían caído en el hábito de que él la llamara los martes por la tarde cuando su madre salía con una amiga como una forma de hablar libremente sin el conocimiento de su madre.

Su madre no los había invitado a la cena de Navidad.

Hace un año, les había contado a sus padres sobre el aborto espontáneo que había sufrido mientras estaba sometida a una investigación de Estándares Profesionales que había sido injustificada. El problema era que lo había mantenido en secreto durante un año antes de eso, y la relación ya tumultuosa que tenía con su madre se había deteriorado hasta el punto en que ya no se hablaban.

Kay apretó el puño, clavando sus uñas en la palma para luchar contra las náuseas que amenazaban con engullirla.

Su madre sabía lo mucho que el padre de Kay significaba para ella, y era obvio que había elegido deliberadamente mantener a su hija mayor en la oscuridad sobre su salud.

Hace solo unos meses, su padre había sido llevado de urgencia al hospital con dolores en el pecho. Había tenido suerte esa vez, el médico que lo trató lo atribuyó a un caso elevado de acidez estomacal, pero si Abby no la hubiera llamado para decírselo, nunca lo habría sabido. Su madre mantenía su voto de silencio cuando se trataba de excluir a Kay de su vida, y su padre nunca hablaba de su salud.

Gimió, dándose cuenta de que se estaba volviendo paranoica.

Adam extendió la mano hacia ella y apretó sus dedos por un momento antes de que su mano volviera a envolver el volante.

—Aguanta.

Kay cerró los ojos y asintió, una gruesa lágrima rodando por su mejilla.

CAPÍTULO 15

Kay se apresuró hacia las puertas automáticas del ala de emergencias, y se detuvo con mal disimulada impaciencia mientras el cristal se abría con un siseo.

La atmósfera le pareció una de miedo teñido con un tono irreprimible de eficiencia mientras el personal trabajaba para calmar a pacientes traumatizados y familiares por igual.

—Por aquí.

Adam envolvió sus dedos alrededor de su brazo y la guio a través del suelo embaldosado hacia un mostrador de recepción, donde el personal administrativo hacía lo mejor posible para dirigir a la gente hacia las salas correctas y lidiar con una avalancha de papeleo al mismo tiempo.

En el momento en que una mujer colgó el teléfono, Adam encendió su encanto y sonrió.

—Puedo ver que está ocupada, así que seré breve. Tenemos un familiar, Phillip Hunter, que fue traído aquí de urgencia hoy con una sospecha de ataque al corazón. Nos preguntábamos dónde podríamos encontrarlo.

La mujer proporcionó indicaciones, y Adam se alejó del mostrador, llevando a Kay consigo.

Mantuvo un ritmo rápido a través del laberinto de pasillos que serpenteaban por el gran complejo hospitalario, pero la altura de Kay le daba la ventaja de poder mantenerse a su paso mientras sorteaban camillas con pacientes y personal del hospital corriendo de una sala a otra.

Cuando doblaron una esquina, un grito de sorpresa llegó a sus oídos antes de que su hermana, Abby, se abalanzara sobre ella.

—Estás aquí.

Kay la atrajo en un fuerte abrazo, luego levantó la mirada para ver al resto de su pequeña familia de pie fuera de un conjunto de puertas dobles.

La boca de su madre se torció en una mueca de decepción. —Así que lo lograste. ¿Estás segura de que pueden prescindir de ti en la comisaría?

—Están bien. —Kay reprimió su enojo ante el

comentario mordaz—. ¿Por qué no me llamaste para decirme que estaba tan enfermo?

—Nunca sé si tengo el número correcto para localizarte. Siempre estás trabajando. Dudo que hubieras dejado todo para estar con nosotros de todos modos.

—Ya basta, Marion —dijo Adam, con voz peligrosamente baja—. Hemos conducido seis horas para estar aquí.

Dirigió su atención a Abby y le dio un rápido beso en la mejilla antes de volverse hacia su esposo, Silas, y estrecharle la mano. —¿Alguna novedad?

—Los médicos están con él. Estamos esperando una actualización —dijo Abby, tomando la mano de Kay.

Kay sintió el familiar apretón de sus dedos, algo que Abby había hecho desde que eran niñas cuando necesitaba consuelo. No hablaron por un momento, y luego Abby se apartó y se limpió las mejillas.

—¿Dónde están las niñas? —A pesar de la urgencia de la situación, Kay no pudo evitar preguntarse dónde estaban sus dos sobrinas y si eran conscientes de la difícil situación de su abuelo.

—Liz las está cuidando —dijo Silas.

Kay exhaló. La hermana de su padre sería una compañera perfecta para las niñas mientras esperaban noticias. —¿Qué está pasando? ¿Por qué lo trajeron aquí de urgencia?

—Dicen que necesita un marcapasos. Que tuvo suerte. —Abby sorbió por la nariz. Agitó las manos frente a su rostro—. Dios mío, nos asustó, Kay.

—¿Qué pasó? —Kay se volvió hacia su madre, quien se encogió de hombros.

—Bueno, si hubieras estado aquí lo sabrías.

—Mamá... —comenzó Abby.

—Marion, por favor —dijo Adam—. Ahora no es el momento...

La madre de Kay se giró para enfrentarlo y le clavó el pecho con una uña con manicura recién hecha. —Mantente al margen de esto. Ni siquiera eres familia, así que no sé por qué estás aquí. A menos que ustedes dos finalmente se hayan casado sin decírmelo.

Un silencio atónito siguió a su arrebato, roto solo cuando Silas se aclaró la garganta y puso su mano en el brazo de su suegra.

—Basta —dijo—. Eso está fuera de lugar.

—¿Sabes qué? Ya basta de esto. Mamá, si no puedes ser civilizada, entonces sugiero que Abby y yo hablemos a solas. —Kay se volvió hacia Adam—. ¿Te gustaría acompañarnos a tomar un café? Creo que vi una máquina expendedora al final del pasillo.

—Me parece bien.

Kay le dio la espalda a su madre y a Silas, luego entrelazó su brazo con el de Adam y se marchó, sin esperar para ver si su hermana se les unía.

Se relajó ligeramente al escuchar el eco de los caros tacones de Abby en el suelo embaldosado detrás de ella mientras atravesaba las puertas dobles alejándose de la sala de emergencias, luego disminuyó la velocidad al llegar a la esquina junto a la estación de enfermería.

—Si vas a salir furiosa, al menos hazlo lentamente —se quejó Abby—. Estos tacones me están matando.

Kay aflojó su agarre en Adam y se apoyó contra la pared, cruzando los brazos sobre el pecho.

—¿Qué demonios le pasa? —explotó—. Pensarías que después de todo lo que papá ha pasado, ella sería capaz de contenerse.

—Probablemente sea el estrés. —Adam rebuscó en el bolsillo de sus vaqueros antes de extraer un puñado de monedas y procedió a introducirlas en la máquina expendedora.

Abby resopló. —Probablemente sea el hecho de que es una bruja.

—Debe haber sido malo últimamente, para que digas eso —dijo Kay.

—Honestamente, no sé qué le ha pasado. Debería

estar agradecida de que ustedes dos viajaran media noche para estar aquí.

—Tal vez esté asustada —dijo Adam, entregándoles a ambas un vaso de plástico lleno hasta el borde de un líquido oscuro y viscoso—. El miedo puede sacar lo peor de las personas, y probablemente no esté lidiando bien con esto.

Kay tomó una de las bebidas de él. —Gracias, y estás siendo demasiado amable, especialmente después de lo que te dijo.

Él le guiñó un ojo. —Puedo manejarla. ¿Qué le pasó a tu padre, Abby? ¿Esto ha estado sucediendo desde hace tiempo?

—Ha estado teniendo revisiones regulares con su médico local —dijo Abby, su voz apagada por el shock—. Sin embargo, siempre nos ha dicho que no era nada. Luego, se desplomó hoy mientras él y mamá estaban de compras. Alguien del supermercado llamó a la ambulancia. Hablé con el paramédico que estaba en el equipo que lo trajo aquí; han vuelto dos veces más esta noche con diferentes pacientes. Si el gerente del lugar no hubiera tenido la previsión de usar el desfibrilador que tienen allí, él no... él podría haber...

Kay le pasó su café a Adam y rodeó con sus brazos los hombros de su hermana menor.

—Pero está aquí, así que está en buenas manos, Abby. ¿Mencionaste un marcapasos?

Abby asintió mientras se alejaba, luego rebuscó en su chaqueta en busca de un pañuelo de papel. —Sí. Dicen que ahora está estable y hablando con el equipo de atención que lo está cuidando. Aparentemente, lo van a monitorear durante la noche y ver si pueden operarlo por la mañana.

—¿Podemos verlo?

—Mamá ha entrado, hace como una hora. El médico nos dijo a Silas y a mí que probablemente sea mejor dejarlo descansar esta noche y luego podremos verlo por la mañana después de la operación. ¿Quieres hacer lo mismo?

Kay se volvió hacia Adam, quien asintió.

—Absolutamente. Tengo que hacer arreglos en la clínica para el resto del fin de semana, pero podemos encontrar un motel cercano y volver por la mañana.

—Y yo tendré que llamar a la comisaría —dijo Kay. Extendió la mano para tomar la de Abby una vez más.

—Pero somos familia, y nos quedaremos.

CAPÍTULO 16

Kay se quedó en el umbral de la habitación del motel, su mente trabajando al máximo.

De alguna manera, entre atender la llamada telefónica de Abby y recoger a Kay de la comisaría, Adam había tenido la previsión de empacar una maleta para pasar la noche.

—No sé si he elegido las cosas correctas para ti —dijo mientras pasaba la tarjeta llave por la manija de la puerta y la abría—. No estaba pensando con claridad.

Ella pasó la palma de su mano por la espalda de él mientras la guiaba hacia la habitación. —No importa. Lo que sea que haya aquí estará bien. Gracias.

Adam se acercó a la ventana y cerró las cortinas

para ocultar un cielo nocturno azotado por una fuerte lluvia, luego se pasó la mano por el pelo mojado.

—Voy a llamar a Scott, para avisarle que está a cargo por el momento. Al menos hasta que sepamos cómo está tu padre.

—¿Estará bien él solo?

Adam se encogió de hombros. —Tendrá que estarlo. No hay nada que podamos hacer al respecto, ¿verdad? —Sonrió para suavizar sus palabras—. Deberías hacer lo mismo. Cancela el fin de semana con tu gente para que puedas concentrarte en lo que está pasando aquí.

Kay se quitó la chaqueta y la colgó en el respaldo de una de las sillas de la pequeña suite, ignorando el agua que goteaba sobre la delgada alfombra.

Sacando su teléfono móvil del bolso, frunció el ceño al ver la pantalla.

—No te preocupes, traje un cargador —dijo Adam. Se quitó los zapatos y ahuecó las almohadas de un lado de la cama, luego subió las piernas y marcó el número de marcación rápida en el teléfono. Guiñó un ojo cuando su colega contestó.

Kay se hundió en una silla y se desplazó por su móvil hasta que encontró el número que buscaba, preguntándose cómo se las arreglaría si estuviera sola en este momento.

La calma de Adam la invadió lo suficiente como para que, al menos por un momento, pudiera concentrarse.

Barnes contestó al primer timbrazo. —¿Kay?

—Hola.

—¿Qué está pasando?

—Papá ha tenido un ataque al corazón, pero está en recuperación. Están hablando de un marcapasos. —Oyó el temblor en su voz mientras hablaba—. Tenemos que quedarnos en Swindon durante el fin de semana hasta que sepamos cómo está, así que…

—No hay problema —dijo Barnes—. Todo el equipo está programado para trabajar durante el fin de semana como solicitaste, así que podemos mantener la investigación en marcha.

Kay soltó el aliento que había estado conteniendo. —Eres una estrella, Ian.

—Tú harías lo mismo por mí. ¿Quieres una actualización rápida?

—Sí, eso estaría bien, gracias.

Sonrió. Su oficial podría haber sonado brusco y eficiente para cualquier otra persona, pero ella lo conocía demasiado bien y pudo detectar la emoción en su voz.

Sabía que la única manera de evitar que se derrumbara era mantener su mente ocupada, y mientras él la ponía al día sobre el final de la reunión informativa que ella había dejado tan abruptamente, sus pensamientos se dirigieron a la gestión de la investigación.

Sabía que las próximas veinticuatro horas pondrían a prueba todas sus habilidades como líder.

Tenía que confiar en su equipo; tenía que aprender a delegar.

Evaluando cada tarea, haciendo sugerencias al plan de acción de Barnes y animándolo donde sentía que necesitaba orientación, le ayudó a trazar un camino a seguir que mantendría el impulso en su ausencia.

Cuando terminó, finalizó la llamada, enchufó su cargador de móvil junto a la mesita de noche y le hizo una señal a Adam de que iba a ducharse.

Su voz llegaba hasta el baño mientras discutía con Scott qué citas cancelar y qué animales requerían un cuidadoso seguimiento. Se escucharon risas mientras Adam escuchaba a su empleado, y Kay sonrió mientras se desvestía y luego se metía bajo los chorros de agua caliente.

Sin embargo, mientras dejaba que el estrés de las últimas horas se lavara de su piel, la invadió una melancolía.

Fuera de su vida hogareña y el trabajo, se dio cuenta de que no tenía nada.

Sin amigos a quienes llamar cuando la vida le arrojaba una llave inglesa. Nadie fuera de la policía con quien pudiera hablar sobre...

Se detuvo, con las manos jabonosas de champú mientras se quedaba inmóvil.

¿Hablar sobre qué?

Vivía para su trabajo. Era por eso que se había esforzado tanto en probar su inocencia cuando fue desafiada por una acusación de Estándares Profesionales. Era por eso que renunciaba a sus fines de semana para liderar investigaciones importantes y dar el ejemplo a los colegas más jóvenes.

El trabajo de Adam a menudo significaba que también trabajaba en horarios poco sociables, y se dio cuenta mientras comenzaba a frotarse el pelo con renovado vigor que ambos vivían para su trabajo. Disfrutaban de lo que hacían, pero ¿qué poca elección se habían dejado?

Una sensación familiar de temor comenzó a arañar su pecho y extendió la mano hacia el grifo, cerrándolo y envolviendo una gran toalla bajo sus brazos antes de ajustarla.

Limpió la condensación que se aferraba al espejo

y luego miró el rostro asustado que le devolvía la mirada.

¿Y si le pasara algo a Adam?

¿Qué haría?

¿A quién podría acudir en busca de apoyo?

Sorbió por la nariz y luego trató de aclarar el pensamiento. Secándose, se puso ropa limpia y salió al dormitorio.

Adam terminó su llamada y se encontró con su mirada, con una expresión circunspecta en su rostro.

—Esto es una locura, Hunter. No podemos seguir así. Tenemos que aprender a soltar, ¿no?

Ella se mordió el labio y luego extendió la mano para tomar la suya, sin palabras.

CAPÍTULO 17

Kay sintió la mano de Adam deslizarse entre sus dedos mientras empujaba la puerta de la sala treinta y seis horas después y cruzaba el suelo de baldosas hacia una cama cerca de la ventana, con una cortina separando a su ocupante de los demás en la habitación.

Su respiración se detuvo en su garganta mientras miraba alrededor de ella al pie de la cama.

Su padre estaba sentado erguido, pero su rostro era el más pálido que jamás había visto.

Su melena de cabello blanco sobresalía en diferentes direcciones, y sus ojos daban testimonio de la lucha que su cuerpo había atravesado en los últimos tres días.

Aun así, logró esbozar una débil sonrisa al ver a su hija mayor.

—Debe ser urgente si ambos habéis logrado escaquearse del trabajo.

—Oh, papá. —Kay se apresuró hacia él y le dio un suave abrazo—. Nos has dado un susto de muerte.

Él la abrazó fuerte y luego la alejó suavemente, estrechando la mano de Adam.

—¿Cómo estás, Phil?

—Adolorido. Como si me hubiera pateado un caballo.

—Habríamos venido ayer, pero retrasaron tu operación y nos mantuvieron alejados.

El padre de Kay se encogió de hombros. —Escasez de personal, aparentemente. Una de esas cosas —. Alzó la mano y se tocó el lado izquierdo del pecho—. Ahora tengo un nuevo amigo.

Se bajó el cuello de la bata y Kay hizo una mueca al ver los vendajes que cubrían su pecho, con moretones morados y amarillos extendiéndose por su hombro.

—¿Vas a estar bien ahora, verdad? —logró decir.

—Tan bien como pueda estar. El cirujano vino hace media hora y dijo que la operación salió bien. Me tendrán aquí unos días para asegurarse de que no me meta en problemas. — Extendió la mano para tomar la de ella—. Me alegro de que ambos hayáis venido.

—Papá, no estaríamos en ningún otro lugar. Tú lo sabes.

—Lo sé, pero ya estoy bien. Abby me dijo que estás en medio de una investigación de asesinato, ¿no?

Kay asintió. —Así es, pero tengo un buen equipo trabajando conmigo. Lo tendrán bajo control.

Su padre sonrió. —Pero hay otra familia que te necesita ahora, ¿verdad? Una familia que necesita algunas respuestas. Y eso es lo que mejor haces, Kay.

Ella suspiró. —Ojalá mamá lo viera así.

—Tu madre nunca lo entenderá, cariño. No está en su naturaleza. —Levantó la mirada hacia donde Adam se encontraba al pie de la cama—. Me imagino que las cosas también están ocupadas en la clínica, ¿no es así?

—Bajo control, Phil. Scott se las arregla sin mí.

—Se las arregla, sí, pero esta gente depende de vosotros dos. —El padre de Kay cambió de posición, luego levantó la mano cuando Kay se movió hacia su lado—. Estoy bien. Parece peor de lo que es.

—¿Nos estás diciendo que nos vayamos, papá? —Mantuvo un tono ligero, pero no pudo ocultar su ceño fruncido.

Él se rio. —No de mala manera, no. Pero mira a tu alrededor: estoy recibiendo el mejor cuidado posible, estoy fuera de peligro y en dos o tres días me van a echar de aquí. ¿Qué vais a hacer si os quedáis por aquí? ¿Andar deprimidos preocupándose por lo que está pasando en casa?

—Bueno…

—Exacto. —Inclinó la cabeza al oír unos pasos que se acercaban, una voz llegando a los oídos de Kay mientras sus ojos se encontraban con los de ella—. Y esa es tu madre. Deduzco por lo que dijo tu hermana que las cosas se pusieron un poco tensas cuando llegasteis la otra noche.

Kay se mordió el labio. —Se podría decir eso.

Su padre le dio unas palmaditas en la mano y luego hizo un gesto para que se fueran. —Vamos. Me alegro de veros a los dos, y gracias por venir. Pero no creo que a la enfermera jefe le guste el espectáculo de fuegos artificiales si tú y tu madre pasáis demasiado tiempo juntas.

—¿Estás seguro, papá?

Sonrió. —Estoy seguro. Te llamaré la semana que viene.

EL ESTADO de ánimo de Kay era de retrospección mientras ella y Adam conducían de vuelta hacia Kent después de un almuerzo apresurado con Abby y Silas.

Las palabras de su padre daban vueltas en su cabeza; él siempre había sido el más comprensivo de sus padres, pero se preguntaba si sabía cuán cerca de la verdad habían estado sus observaciones.

Ella y Adam no habían dejado de revisar sus teléfonos durante todo el día anterior, y casi había estado tentada de usar el centro de negocios del motel para iniciar sesión en un ordenador y revisar sus correos electrónicos.

Casi.

Una sonrisa irónica cruzó sus labios al recordar su conversación.

—¿En qué estás pensando? —dijo Adam, antes de alejarse de un semáforo y cruzar el concurrido cruce.

—Solo en lo que papá nos dijo. Tiene razón. No hacemos nada más *excepto* trabajar. Tampoco somos muy buenos delegando, ¿verdad?

—Creo que, una vez que hayas terminado esta investigación, deberíamos tomarnos un descanso —dijo Adam—. Uno de verdad. Me refiero a semanas, no días.

Kay se quitó los zapatos y movió los dedos de los pies. —Casi puedo sentir la arena.

—¿Adónde te gustaría ir?

—A cualquier lugar. Preferiblemente a algún sitio sin señal de móvil ni Wi-Fi.

Adam se rio. —No durarías tres días sin señal de móvil.

—Estoy dispuesta a intentarlo.

—Está bien. ¿Qué tal un rincón remoto de Tailandia?

—Suena bien. Nunca hemos estado en Asia.

Frunció el ceño cuando su móvil comenzó a vibrar dentro de su bolso, y se inclinó hacia adelante para sacarlo.

—Como dije, no durarías —dijo Adam.

—Muy gracioso. —Presionó el botón de "responder"—. Inspectora Hunter.

—Jefa, soy Barnes. Estoy a punto de irme por hoy, así que pensé que te gustaría una actualización. Tengo a Gavin aquí conmigo en el altavoz. ¿Cómo está tu padre?

—Se está recuperando, Ian, gracias. —Kay se acomodó en su asiento y observó el paisaje pasar rápidamente—. Le han colocado un marcapasos y los médicos están satisfechos con cómo salió la operación. Aunque todavía le queda mucho descanso y recuperación. Aún no está fuera de peligro. ¿Cómo van las cosas allí?

Escuchó mientras Barnes repasaba las instrucciones que había dado al equipo en su ausencia y la escasa información que había salido a la luz, su frustración palpable ante la falta de progreso.

—Hay una cosa más —dijo Barnes, con voz vacilante.

—¿Qué es?

—Simon Winter llamó desde la morgue de Darent Valley. Dijo que Lucas ha logrado ponerse al día en los últimos días y que hará la autopsia de nuestra víctima a primera hora de mañana. Puedo ir yo, si quieres. Probablemente no sabrás qué está pasando allí con tu padre por un día o dos, ¿verdad?

Kay miró a Adam mientras se frotaba los ojos, tratando de reprimir un bostezo mientras se incorporaba al tráfico rápido.

—Te diré qué —dijo ella—. Estamos de camino de vuelta a Kent ahora, así que asistiré a la autopsia. ¿Podrías hacer el informe de mañana por mí?

Adam la miró y puso los ojos en blanco.

Ella trató de quitarse de encima la culpa ante la perspectiva de volver a la investigación tan pronto después del susto de salud de su padre, centrándose en las tareas en cuestión. A pesar de lo que le había dicho a Adam solo momentos antes sobre delegar, como oficial superior de investigación, era su preferencia asistir a una autopsia simplemente para poder escuchar lo que el patólogo forense del Ministerio del Interior descubriera en lugar de leerlo de un informe. Había aprendido de Sharp que a menudo era la mejor manera, aunque todo el procedimiento pudiera ser desagradable.

—No hay problema con la reunión informativa —dijo Barnes—. Puedo ponerte al día cuando regreses aquí.

—Genial, gracias. Gavin… —Kay alzó la voz para que el agente pudiera oírla mejor por encima del rugido del motor del coche—. Es tu turno, Piper. Te veré en la comisaría a las siete y luego iremos juntos a la morgue.

El agente suspiró. —Supongo que mañana no desayunaré, entonces.

CAPÍTULO 18

Gavin apretó la mandíbula al encontrarse con Kay en la comisaría a la mañana siguiente y la siguió hasta el coche sin quejarse, pero su tez permaneció pálida mientras viajaban por la M20 hacia el hospital.

Siempre le había costado aceptar que asistir a una autopsia era vital para entender las lesiones mortales de una víctima a fin de llevar a cabo una investigación, y Kay se había comprometido a guiarlo a través del proceso siempre que fuera posible.

Sin embargo, simplemente no podía hacer nada para calmar sus nervios o las náuseas que lo atormentaban cada vez que tenía que asistir, y dejar que Barnes guiara al joven detective a través de las puertas del laboratorio donde trabajaba Lucas

Anderson solo dejaría a Gavin más traumatizado, estaba segura.

—¿Cómo lo estás llevando? —dijo, mirándolo de reojo mientras caminaban por el asfalto hacia las puertas del edificio.

—No se hace más fácil.

—Pensé que estabas un poco callado de camino aquí.

—¿Cómo está tu padre, si no te importa que pregunte, jefa?

—Nos dio un susto de muerte, para ser honesta —dijo Kay—, pero su médico dice que es fuerte y debería recuperarse bien con el tiempo.

—Esas son excelentes noticias, jefa.

Gavin mantuvo la puerta abierta y la siguió hasta el mostrador de recepción.

Kay frunció el ceño al oír el sonido de campanillas de viento mientras Gavin garabateaba su firma debajo de la suya.

—¿Música relajante? —dijo ella—. ¿Desde cuándo Lucas ha empezado a poner eso aquí?

La recepcionista veinteañera puso los ojos en blanco y tomó la hoja de registro de Gavin. —Desde la semana pasada. Le dije que no tenía sentido, quiero decir, no es como si fuera a hacerles ningún bien a sus pacientes, ¿verdad?

—Vamos, vamos.

El patólogo forense estaba en la puerta de la morgue, con la mascarilla bajada hasta el cuello y la boca temblando. —Proporciona una introducción relajante a cualquiera que nos visite.

—Eso es lo que tú crees —dijo Gavin, con voz ronca—. Mi dentista tiene esta misma lista de reproducción. No volveré a ir allí nunca más.

Kay se rio y alejó al joven detective del mostrador. —Vamos. Cuanto antes escuchemos lo que Lucas tiene que decirnos, antes podré llevarte de vuelta a la comisaría.

Hizo un gesto al patólogo indicando que estarían con él en breve, luego encontró el vestuario de damas.

Colocando sus objetos de valor en una taquilla y guardando la llave en el bolsillo, tomó un juego nuevo de trajes de protección de una bolsa de plástico y se los puso sobre la blusa y los pantalones.

Tarareó en voz baja mientras se vestía; nada reconocible, simplemente algo para distraer su mente de lo que pudiera estar esperándola en la camilla detrás de las puertas de la morgue.

Tirando de sus botines para ponérselos de nuevo, abrió la puerta para encontrar a Gavin paseando por el pasillo.

Se detuvo cuando ella apareció, cuadrando los hombros. —¿Lista, jefa?

—Tú primero.

La puerta de la morgue se abrió cuando se acercaron y apareció Simon Winter, el asistente de Lucas.

—Buen momento —dijo, con sus ojos pálidos destacando bajo un flequillo oscuro—. Casi hemos terminado.

Se hizo a un lado para dejarlos pasar, y Kay comenzó a respirar superficialmente para aliviar el olor que amenazaba con abrumar sus sentidos.

—Por aquí, vamos —dijo Lucas, y les hizo señas para que se acercaran a la mesa de examen.

Las luces brillantes se encendieron sobre ella, iluminando el cadáver encogido que yacía allí, su ropa andrajosa ya retirada y embolsada para un examen más detallado por parte del equipo de Harriet.

Al acercarse, Kay recordó una exposición en el Museo Británico que había visto hacía varios años y rememoró la indignación que la había invadido mientras las multitudes se empujaban para mirar boquiabiertas el cuerpo marchito.

Le había parecido tan irrespetuoso.

Su mirada siguió el progreso de Simon mientras comenzaba a recoger las bolsas, y luego se volvió hacia el patólogo forense. —Supongo que no había efectos personales escondidos en las costuras, ¿nada que nos diga quién era?

—Me temo que no. No hay señales de anillos en sus dedos, nada en sus bolsillos, y ninguna lesión previa que podamos rastrear a través de registros médicos.

—Un verdadero hombre misterioso —dijo Gavin, guardando un tubo de pomada de mentol en el bolsillo de su chaqueta y frotándose el dedo sobre el labio superior.

—Desafortunadamente para vosotros, sí —dijo Lucas.

—¿Qué *puedes* decirnos? —dijo Kay, luchando contra una sensación de desesperación que le arañaba las entrañas—. Seguramente tienes algo con lo que podamos trabajar, ¿no?

—Tranquila. Os explicaré lo que sé después de mi examen y luego determinaremos qué falta.

Kay asintió y se obligó a relajarse. Lucas tenía razón: no tenía sentido preocuparse por la evidencia que no tenía hasta que hubiera aprendido lo que él había obtenido de la autopsia.

Les hizo señas para que se acercaran más a la mesa hasta que ella y Gavin estuvieron junto a la cabeza de la víctima.

—Tenía razón sobre la herida traumática en su cabeza —dijo, acunando el cráneo del hombre mientras pasaba su dedo meñique por la hendidura—. Esto no es lo que lo mató.

Lucas se movió hacia la izquierda, luego extendió la mano y levantó el brazo de la víctima, girando la mano hasta que las yemas de los dedos quedaron expuestas.

—¿Lograsteis obtener huellas? —dijo Kay.

—No de esta mano. ¿Recordáis que dije en la escena que las puntas estaban lisas?

—Alguien en la comisaría sugirió que podría haber sido un guitarrista —dijo Gavin.

—No es una mala teoría.

—¿Pero no es correcta? —dijo Kay.

—No, no lo creo. —Lucas bajó el brazo de la víctima y señaló los pies del hombre—. Venid aquí.

Kay trató de ignorar la piel encogida que cubría la forma del hombre y se concentró en los largos huesos de los dedos de los pies mientras se acercaba.

—¿Qué estoy buscando?

Lucas esperó hasta que ella y Gavin estuvieron a su lado, y entonces señaló una marca negra deforme en la planta del pie izquierdo.

Gavin frunció el ceño.

—¿Es eso un tatuaje?

Lucas logró esbozar una sonrisa.

—Sería la primera vez que veo algo así. No, es una herida de salida. Una marca de quemadura.

Kay dio un paso atrás.

—Sin huellas dactilares y una herida de salida en el pie. Fue electrocutado, ¿verdad?

—Bien hecho, Hunter. Sí, estás en lo correcto.

—¿Eso fue lo que lo mató?

Lucas se estiró y cubrió los restos momificados con una sábana de colores brillantes, dejando la cabeza expuesta.

—Sí. Estoy noventa por ciento seguro de ello.

—¿Y sufrió la fractura en la parte posterior de la cabeza después? —dijo Gavin. Hizo un gesto hacia la forma marchita, las cuencas de los ojos vacías y pálidas bajo las luces del laboratorio—. Es decir, ¿cuando ya estaba muerto?

—Creo que sí —dijo Lucas. Tiró de la sábana sobre el rostro de la víctima y comenzó a quitarse los guantes.

Kay exhaló.

—Entonces, ¿pudiste obtener huellas dactilares de su mano derecha?

—He enviado los resultados por correo electrónico a ti y a tu oficial de registros.

—Fantástico, gracias.

—Ese edificio estaba lleno de contratistas y seguridad del sitio durante las obras de remodelación, entonces, ¿por qué nadie lo reportó? —dijo Gavin.

—Los instaladores de alfombras mencionaron a Hughes en sus declaraciones originales que se retrasaron una mañana porque no había electricidad en el edificio —dijo Kay—. Tal vez nuestra víctima fue electrocutada allí y alguien más escondió su cuerpo para encubrir el hecho de que habían estado allí.

—Pero John Brancourt dice que contrató a Sutton Site Security para vigilar el lugar después de que lo amenazaran.

La mirada de Kay volvió a la forma bajo la sábana y un escalofrío recorrió sus hombros.

—Bueno, él no terminó en esa cavidad por su propia voluntad, Gav. Alguien estaba allí cuando murió y sabía lo que le pasó. Todo lo que tenemos que hacer es averiguar quién fue.

CAPÍTULO 19

Al regresar a la comisaría en Palace Avenue, Kay decidió entrevistar a Tom Walsh, el supervisor de los instaladores de alfombras.

Carys logró localizar a ambos instaladores de alfombras antes de que llegaran al pub después de terminar temprano un trabajo en el que habían estado trabajando en el pueblo de Leeds, y ahora esperaban en salas de interrogatorio separadas mientras Kay y Gavin se enfrentaban a su jefe al otro lado de la mesa en la sala de interrogatorios tres.

—Gracias por venir —dijo Kay—. Para empezar, ¿podría hablarnos de su trabajo?

El hombre de cuarenta y nueve años tiró de su cuello, ajustó un cigarrillo a medio fumar detrás de su oreja y luego cruzó los brazos sobre la mesa.

—He estado trabajando para la empresa de pisos durante unos quince años —comenzó—. Me abrí camino y luego comencé a entrenar a los aprendices. Hace unos ocho años, me pusieron a supervisar algunos de los trabajos más grandes. Los de clientes corporativos como Hill que compensaban las caídas en el trabajo doméstico.

—¿Le gusta?

Se encogió de hombros.

—Está bien, supongo.

—¿Cómo se involucró con el trabajo en el Edificio Petersham durante el verano?

—Ya habíamos hecho trabajos para John Brancourt antes —dijo—, así que no tuvimos que licitar por el trabajo. Obtuvo permiso del propietario, Hill, para emplearnos basándose en resultados anteriores. Entonces, una vez que nuestro equipo de ventas tomó nota de las preferencias de Hill para las alfombras y el contrapiso, hizo el pedido y luego Brancourt nos dijo cuándo necesitaríamos estar allí. Ya sabe, de acuerdo con el cronograma del proyecto.

—¿Cuánto tiempo pasó en el sitio?

—Un par de días para empezar, para asegurarme de que los muchachos estuvieran bien. A veces llegas a un lugar y las medidas no se han tomado correctamente o el cliente ha cambiado de opinión durante los otros trabajos, así que llegas y todos los ángulos están mal. Afortunadamente con este trabajo, fue un simple caso de verificar las medidas originales y luego dejar que los muchachos siguieran adelante. Después de eso, volví una vez a la semana hasta que el trabajo estuvo terminado.

—¿Cómo es tratar con John Brancourt?

—Es un buen tipo. De la vieja escuela, ¿sabe a lo que me refiero? Hace un buen trabajo confiando en que hagamos nuestro trabajo y atendiendo llamadas de Hill.

—¿Oh? ¿Alexander Hill tiende a causar problemas?

—No, no he dicho eso. Es solo uno de esos tipos que siempre tiene que saber lo que está pasando. Le gusta mantener un ojo en las cosas en el sitio. No le gusta cuando el cronograma se retrasa. Es su inversión, después de todo.

—¿Alguna vez fue agresivo de alguna manera con usted o sus hombres?

—Dios, no. —Su boca se torció—. Había suficientes cláusulas en el contrato que podrían perjudicarnos si las cosas salían mal. Nunca tendría que levantar un dedo.

Kay terminó la entrevista, luego guio el camino hacia la siguiente sala y le hizo un gesto a Gavin para que comenzara la siguiente ronda de preguntas con Michael Blake.

Blake había estado recostado en su asiento cuando entraron, pero ahora estaba completamente alerta, con el rostro ansioso.

—Cualquier cosa que pueda hacer para ayudar —dijo cuando Gavin terminó de leer la advertencia formal de la entrevista—. Lo que sea.

—¿Quién les asignaba el trabajo diariamente? —dijo Gavin.

—Nuestro supervisor, Tom —dijo Michael—. Teníamos una charla rápida en el sitio con él cuando llegábamos cada mañana, para asegurarnos de que no hubiera problemas del día anterior o averiguar si había cambios en las habitaciones en las que estábamos programados para trabajar.

Kay abrió la carpeta de manila frente a ella y deslizó una página a través de la mesa hacia el instalador de alfombras.

—Esta es la hoja de trabajo diaria que proporcionó el día en que se había instalado el contrapiso en la oficina sobre el área de descanso, pero que las alfombras no se pudieron colocar porque no había electricidad. ¿Qué sucedió?

Michael echó un vistazo a la hoja de trabajo antes de devolvérsela. —A veces pasa, pequeños retrasos.

No había nada de qué preocuparse en cuanto al contrato porque simplemente fuimos a trabajar a otra habitación del edificio ese día. La electricidad volvió en menos de veinticuatro horas. Solo era un viejo interruptor defectuoso que se había fundido en la caja de fusibles principal, pero llevó un tiempo encontrar un electricista que pudiera volver al sitio con tan poco aviso.

—Cuando volvieron a trabajar en la oficina encima del área de la cocina, ¿vieron o quizás sintieron algo inusual?

Michael se estremeció. —No, y me da escalofríos pensar que estábamos trabajando justo encima de donde él estaba.

—¿El subsuelo parecía alterado de alguna manera?

—No, ese es el asunto. Lo habíamos fijado dos días antes, y me habría dado cuenta si algo estuviera mal. Es lo que pasa con los edificios viejos, ¿sabe? Esperas que los suelos sean irregulares. En ese lugar, habían rediseñado el interior, así que el suelo original había sido arrancado. El nuevo era perfecto. Uno de los trabajos más fáciles en los que he trabajado por aquí.

—Usted dijo en su declaración original que terminaron de trabajar en esa habitación y en las oficinas de abajo un par de días después —dijo Kay, leyendo el texto fotocopiado en su mano—. ¿Notó algún olor inusual mientras trabajaba?

Michael negó con la cabeza. —He estado pensando en eso desde que el poli me preguntó a principios de esta semana. No había nada. Quiero decir, algo así... bueno, uno pensaría que apestaría, ¿no?

Otro escalofrío recorrió los hombros del hombre y Kay sintió una oleada de compasión por él.

Sin duda, desde que se dio la noticia, él y su compañero de trabajo se habían estado preguntando "¿y si...?" regularmente. Su horror ciertamente parecía genuino.

Satisfecha de que no aprendería nada más de Michael Blake, Kay terminó la entrevista, le agradeció su tiempo y dejó que Gavin lo acompañara de vuelta al área de recepción.

Cuando el agente regresó, se sentó frente a ella con un fuerte suspiro.

—Entonces, ¿qué piensas, jefa?

Kay cerró la carpeta y apoyó las manos sobre ella. —Hablaremos con el otro instalador de alfombras, Andy James, a continuación para cerrar ese cabo, pero no creo que vayamos a aprender nada nuevo —dijo—. Quien ocultó el cuerpo de nuestra víctima en la cavidad sabía lo que estaba haciendo y, incluso si no lo sabía, por cómo Michael describe el estado del nuevo suelo, no habría hecho falta un experto para volver a fijar el subsuelo después. Verificaré con Harriet y su equipo, pero mi suposición es que la composición del subsuelo enmascaró cualquier olor inicial de descomposición y luego, como dijo Lucas, la naturaleza siguió su curso y el cuerpo se momificó relativamente rápido.

—Entonces, ¿no sospechas de Michael o su colega?

—No. —Kay golpeó con el dedo la carpeta—. Todo lo que nos ha dicho coincide con las hojas de trabajo en el archivo. A menos que Andy James nos diga algo diferente, no creo que este grupo tenga algo que ver con nuestra víctima. Y necesitamos vigilar a Alexander Hill. Revisa los documentos y ve si tenemos una copia del contrato de los instaladores de alfombras. Averigua cuánto podría perjudicarlos Hill si no terminaban a tiempo. —Kay empujó su silla hacia atrás y se puso de pie, metiendo la carpeta bajo el brazo—. Muy bien, ¿dónde está Andy?

—En la habitación de al lado.

—Tráele un café, Gav, ha estado esperando un buen rato.

—Sí, jefa.

CAPÍTULO 20

Para cuando habían regresado a la sala de incidentes, las facciones de Gavin habían perdido el color enfermizo que había tenido todo el día y el joven agente estaba engullendo una hamburguesa de tamaño doble mientras Kay le sostenía la puerta abierta.

—Joder, es como un alcatraz —dijo Barnes, entregando un fajo de papeles a Kay mientras pasaba junto a su silla.

—Ni que lo digas. Es la segunda que se come —dijo ella—. La cafetería se quedará sin provisiones a este paso.

—No desayuné, jefa, ¿recuerdas? —dijo Gavin entre bocados. Tragó—. No sé cómo lo hacéis vosotros.

Barnes le guiñó un ojo a Kay. —Creo que debería ir cada vez para endurecerse.

Gavin se quedó paralizado, con la hamburguesa a medio camino de su boca. —Estás bromeando.

—Lo está. Nos turnamos. —Kay agitó el dedo hacia Barnes—. Y tú eres el siguiente.

Barnes emitió un gemido teatral, luego señaló el informe en su mano mientras ella se sentaba. —Carys tiene un par de personas trabajando en las huellas dactilares que Lucas envió con su informe. Entiendo que pudo haber sido una muerte accidental, ¿no?

—Tal vez. Pero seguro que el encubrimiento no fue accidental —dijo Kay.

Carys se unió a ellos, luego pasó un paquete de galletas y puso los ojos en blanco cuando Gavin se sirvió tres.

—Hemos comenzado la búsqueda en la base de datos de las huellas dactilares de nuestra víctima —dijo—. Nos estamos concentrando en West Kent para empezar, y luego buscaremos más lejos si no encontramos nada.

—Amplía la búsqueda a Sussex, Surrey y el Gran Londres si eso no da resultados —dijo Kay—. Si eso no produce resultados, podríamos tener que considerar hacer una solicitud a la Interpol.

—Ni siquiera había pensado en la posibilidad de que no fuera británico —dijo Gavin.

—He redactado el papeleo —dijo Carys—. Solo necesita tu firma, jefa, si queremos seguir adelante con eso. Aunque una advertencia: he oído que hay al menos cuatro semanas de retraso para obtener resultados.

—Muy bien, gracias —dijo Kay—. Supongo que cruzaremos los dedos para que fuera local. ¿Cómo les fue a los uniformados esta mañana entrevistando a los antiguos inquilinos del edificio? ¿Algo de interés?

Carys arrugó la nariz. —No realmente. Un par de empleados de la agencia de carreras de caballos estaban un poco molestos por perder sus trabajos porque el dueño se mudó fuera del área, y como los empleados tenían contratos temporales, no fueron compensados. No creo que tuvieran nada que ver con ocultar ese cuerpo, de todas formas. La mujer que es dueña de la boutique ahora trabaja desde casa dirigiendo un negocio de compras online y le dijo a Hughes y Parker que nunca ha sido más feliz porque no tiene que tratar con el público cara a cara.

—Parece que el trabajo de construcción no molestó a nadie, entonces.

—Oh, yo no diría eso —dijo Carys—. Hubo algunas pequeñas protestas que ocurrieron en el momento de las diversas obras de remodelación alrededor de la ciudad; nada llegó hasta aquí porque la policía uniformada se encargó de ello y solo hubo un par de infracciones menores. Es solo que no puedo encontrar nada en las declaraciones que sugiera que alguien con quien habló la policía uniformada tuviera motivo para matar u ocultar a nuestra víctima.

—¿Qué hay del ADN? —dijo Kay—. ¿Alguien ha empezado a coordinarse con Personas Desaparecidas para ver si tenemos una coincidencia allí?

—Empezamos eso al mismo tiempo que cruzábamos las huellas dactilares —dijo Barnes—. Por supuesto, si nuestra víctima fue adoptada…

—Entonces es una tarea inútil —terminó Kay—. Sí, lo sé, pero tenemos que descartarlo todo.

—Seguramente alguien lo está buscando —dijo Gavin—. Quiero decir, ha estado en ese techo durante, ¿qué? ¿Cinco o seis meses por lo menos?

—Seis y medio —dijo Carys. Se acercó a su escritorio y regresó con una copia de una factura—. Esta es una copia de la factura final de los instaladores de alfombras fechada a mediados de julio que Tom Walsh me dio. Habían terminado la semana anterior.

—Y nadie ha reportado ningún signo de alteración

en esa alfombra, así que definitivamente fue colocado en el piso antes de que la instalaran —dijo Kay.

Tomó una fotografía del cuerpo momificado de los papeles que Carys le había entregado. —Pobre diablo. Electrocutado y luego metido en una cavidad del edificio.

Suspiró y devolvió la fotografía y la documentación a Carys, luego se pasó la mano por el pelo y miró fijamente al otro lado de la habitación, a la pizarra que mostraba la línea de tiempo de los eventos conocidos hasta la fecha.

—Muy bien. Contacta a John Brancourt y programa una entrevista con él esta tarde si puedes. Mañana por la mañana a más tardar; no me importa dónde esté o qué esté haciendo, quiero hablar con él.

—Jefa, quizás quieras ver esto primero. —Phillip Parker se apresuró entre los escritorios hacia ella y le entregó una página aún caliente de la impresora.

Ella la tomó sin decir palabra, frunciendo el ceño mientras escaneaba las líneas de texto en la página. Emitió un jadeo cuando leyó las últimas palabras.

—Mierda.

—¿Qué es? —dijo Carys.

—Resultados de las huellas dactilares. —Kay volteó la página y la sostuvo en alto para que Barnes y Carys pudieran leerla, luego levantó la mirada hacia donde estaba Parker, con su rostro ansioso—. ¿Estás absolutamente seguro de esto? ¿No hay error?

—No hay error, jefa. Hice que el sargento Hughes lo verificara.

—¿Qué está pasando? —Gavin empujó su silla hacia atrás—. ¿Qué es eso?

—Las huellas dactilares coinciden con las de Damien Brancourt —dijo Kay, entregándole el informe. Pasó junto a él y tomó su chaqueta del respaldo de su silla—. Barnes, conmigo. Será mejor que vayamos a darle la noticia a John Brancourt y su esposa.

CAPÍTULO 21

—¿Qué demonios hacía Damien Brancourt en una protesta hace doce meses?

Barnes dio vuelta a la página fotocopiada de la hoja de cargos original mientras Kay indicaba que giraba a la derecha y entró en un callejón estrecho de Loose Road.

—Debía tener, ¿qué? ¿Veintitrés? ¿Veinticuatro años? —Dobló la página y la metió en el bolsillo interior de su chaqueta—. Lo suficientemente mayor para saber lo que hacía, de todos modos.

—¿No te parece extraño que estuviera en una protesta sobre las obras de remodelación? —dijo Kay—. Especialmente considerando que su padre estaba dirigiendo el proyecto de renovación del edificio del banco.

—¿Crees que lo hacía solo para antagonizar a su padre?

—Tal vez. Es algo que vale la pena tener en cuenta. Supongo que no fue condenado, ¿verdad?

—No.

—¿Algún problema después de eso?

—No. No hasta que apareció muerto, de todos modos.

—Recuérdame pedirle a Carys que revise los registros y vea quién más fue arrestado con él. Me gustaría escuchar lo que tienen que decir al respecto.

Barnes abrió su cuaderno y garabateó en la página, antes de cerrarlo de golpe y señalar a través del parabrisas un granero convertido que apareció a la vista cuando doblaron una curva. —Este es el lugar.

—Muy bonito, además —murmuró Kay mientras conducía entre dos pilares de ladrillo y luego frenó frente a un arreglo de ventanas de piso a techo.

Estiró el cuello mientras bajaba del auto y caminaba sobre la grava hacia una puerta de roble, pero se dio cuenta de que se había instalado vidrio oscuro de privacidad en los marcos.

Comprobando que Barnes estuviera listo, extendió la mano y presionó un botón a la izquierda de las puertas dobles, notando una pequeña cámara incrustada en la pared sobre él.

Mantuvo su rostro impasible, luego se volvió hacia Barnes. —Es una de esas cosas de seguridad que puedes vincular a tu teléfono móvil. Puede que no estén en…

Kay guardó silencio cuando se liberó un mecanismo de bloqueo, y luego uno de los lados de las puertas se abrió hacia adentro y apareció una mujer con jeans azul oscuro y una camisa negra, con expresión perpleja.

—¿Sí? ¿Qué desean?

Kay levantó su placa. —¿Señora Brancourt? Soy la inspectora Kay Hunter. Me preguntaba si podría hablar con usted y su esposo.

La mujer examinó la placa a través de sus gafas de lectura, luego apoyó su hombro contra el marco de la puerta. —¿De qué se trata?

—¿Está su esposo en casa, señora Brancourt? —Barnes dio un paso adelante, su voz calmada—. Nos gustaría hablar con ambos, por favor.

La mujer suspiró, luego abrió la puerta. —Pasen, entonces.

Kay se limpió los pies en el felpudo, luego la siguió por las baldosas de pizarra.

A su derecha, una escalera de madera conducía a una galería de trovadores que daba al vestíbulo, mientras que a su izquierda una gran chimenea resplandecía con un montón de troncos que ardían detrás de una ventana de cristal. El calor la envolvió al pasar, dejándola con el deseo de permanecer en el vestíbulo.

—¿Quién es, Annabelle?

La voz de John Brancourt resonó desde más allá del pasillo, y su esposa hizo un gesto a Kay y Barnes para que la siguieran a través de una puerta que conducía a una gran cocina a medida.

En un extremo, una cocina moderna brillaba desde un hueco de ladrillo. La carpintería circundante se había dejado en sus colores naturales, iluminando las paredes, mientras que una gran mesa ocupaba el extremo opuesto de la habitación, con un sofá desgastado al lado que le daba un encanto rústico al espacio.

Una silla raspó las baldosas cuando John Brancourt se levantó de donde había estado trabajando en un portátil en la mesa. Al hacerlo, la atención de Kay fue captada por un Border Collie que levantó la cabeza de su posición de descanso en el sofá. Parpadeó y luego cerró los ojos una vez más cuando John Brancourt le murmuró una orden.

Kay le estrechó la mano y luego señaló la mesa.

—¿Le importa si nos sentamos todos?

Vio que Annabelle intercambiaba una mirada con

su marido, pero ninguno de los dos protestó. En cambio, Annabelle se aclaró la garganta.

—¿Puedo ofrecerles té o un vaso de agua?

—No será necesario, gracias.

John Brancourt volvió a su portátil, cerró la tapa y apartó sus papeles a un lado antes de sentarse, y Annabelle se unió a él.

Kay eligió un asiento diagonalmente opuesto a ellos, con Barnes sentándose a su izquierda.

Sacó su libreta, hizo clic en el extremo de su bolígrafo, y luego Kay juntó las manos y se inclinó hacia los Brancourt.

—Señor y señora Brancourt, como saben, se descubrió el cuerpo de un hombre de unos veinte años en el hueco del techo del Edificio Petersham en High Street en Maidstone. Lamento tener que decirles esto, pero después de un análisis de huellas dactilares, tenemos razones para creer que el cuerpo encontrado es el de su hijo, Damien.

Un silencio descendió sobre la cocina, y luego, para sorpresa de Kay, las facciones de John se rompieron en una sonrisa.

Confundida, abrió la boca para hablar, pero él agitó la mano para detenerla.

—No puede ser Damien —explicó—, porque ha estado en Nepal desde finales de junio.

Kay intercambió una mirada con Barnes, luego se volvió hacia los Brancourt. —¿Están seguros?

—Por supuesto —el ceño de Annabelle se arrugó.

—¿Pueden recordar el día que se fue?

—El veintiocho —dijo John—. Tenía un vuelo temprano ese día, así que fue a Heathrow la noche anterior. Lo dejé en la estación de tren después de que cenáramos esa noche.

—¿Parecía preocupado por algo en las semanas previas a su viaje? —dijo Barnes.

Annabelle sonrió. —En absoluto. Estaba contento de haber terminado su carrera; creo que le costó el último año y quería tomarse un descanso antes de buscar trabajo.

—¿Qué estaba estudiando? —dijo Kay.

—Negocios, con especialización en gestión de proyectos —dijo John.

Annabelle alcanzó su mano y la apretó. —Va a seguir los pasos de John.

—¿Han tenido noticias de él desde que se fue? —dijo Kay.

—No, pero no esperamos tenerlas —dijo John—. Está haciendo trabajo voluntario para ayudar a reconstruir áreas afectadas por terremotos, así que los canales de comunicación están cortados.

—¿No les avisó cuando llegó?

—Tiene veinticuatro años, detective. Veinticinco en julio. Puede cuidarse solo.

—¿Cuánto va a durar su viaje? —dijo Barnes.

—Debe volver a tiempo para Pascua —dijo Annabelle—. El diecisiete de abril, para ser exactos. A menos que su vuelo se retrase, claro.

—Volviendo a su último año en la universidad —dijo Kay—. Dicen que tuvo dificultades con sus estudios. ¿Existe alguna posibilidad de que eso esté relacionado con su arresto en una protesta hace doce meses? Después de todo, así es como sus huellas dactilares fueron registradas en nuestra base de datos y luego analizadas.

—Maldito idiota —dijo John, sacudiendo la cabeza—. Debería haber sido más inteligente.

—Se involucró con una chica en la universidad —dijo Annabelle—. Una mala influencia. Siempre quejándose de algo: salvar esto, salvar aquello. Fue idea de ella unirse a una protesta sobre las obras en la ciudad. De hecho, creo que ella pudo haber tenido algo que ver con su organización. Damien se metió en una especie de pelea frente a un edificio que estaban renovando cerca del río.

—Hemos visto la hoja de cargos —dijo Barnes—. Damien amenazó a un trabajador del sitio y fue visto haciéndolo por un oficial de policía. Si usted estaba involucrado en las obras de remodelación en la ciudad, ¿por qué su hijo amenazaría directamente a alguien empleado para vigilar un edificio similar mientras se realizaban las obras?

John suspiró. —No tengo idea. Nunca vi nada. Damien conocía a algunas personas que trabajaban en varios proyectos en el área, así que supongo que pudo haber visto algo. —Se encogió de hombros—. Tal vez de eso se trataba el altercado. Damien nunca habló de ello después. Gracias a Dios que ustedes consideraron adecuado dejarlo ir solo con una severa advertencia y nada más.

—Necesitaremos el nombre de la chica — dijo Kay.

—Julie Rowe —dijo Annabelle—. Vive con su madre cerca de East Malling.

—Gracias. —Kay sacó un kit de ADN de su bolso y levantó la mirada hacia John una vez más—. Me gustaría tomar una muestra suya para que nuestro patólogo pueda comparar los resultados con los que tenemos de nuestra víctima. ¿Estaría de acuerdo?

—Por supuesto. Pero le digo que no es Damien. Debe haber un error en su sistema.

Kay realizó la prueba después de ponerse guantes y luego usar un pequeño hisopo para limpiar el interior de la boca de John antes de sellar la muestra y escribir en la etiqueta.

Recogió su bolso y metió el kit en él, luego agradeció a los Brancourt.

—Me pondré en contacto con los resultados, sean cuales sean —dijo mientras Annabelle los guiaba de vuelta a la puerta principal—. Y por favor, si Damien se pone en contacto con ustedes, hágannoslo saber, ¿de acuerdo?

—Por supuesto —dijo John—. Pero como dijo Annabelle, no esperamos tener noticias de él hasta mediados de abril cuando esté de vuelta en Katmandú.

—Gracias.

Kay siguió a Barnes de vuelta al coche, el sonido de la puerta principal cerrándose cuando llegó al vehículo.

Se detuvo junto a él. —Ian, no hay algún tipo de error en el sistema, ¿verdad?

—Hughes lo revisó, pero mira, tal vez lo haya. Al menos tenemos una muestra del ADN de John que lo confirmará de una vez por todas cuando obtengamos los resultados. —Barnes tomó las llaves de ella y señaló hacia el asiento del pasajero—. Sube.

—A la luz del hecho de que los Brancourt insisten en que su hijo está en Nepal, aún nos llevará hasta la semana que viene antes de que Lucas pueda darnos algún resultado de esta muestra de ADN —dijo ella, cerrando la puerta del pasajero y abrochándose el cinturón sobre el pecho—. Mientras tanto, echemos un vistazo más de cerca a esa protesta.

—¿Crees que quizás esté relacionada con la muerte de nuestra víctima?

Kay suspiró.

—En este momento, Barnes, no tengo ni idea, pero vale la pena intentarlo.

CAPÍTULO 22

A primera hora de la mañana siguiente, Kay entró en la comisaría al mismo tiempo que llegaba Carys. La detective más joven se quitaba una bufanda del cuello mientras seguía a Kay por la puerta principal antes de soplar sus dedos para calentarlos.

Kay había informado al equipo a su regreso de la casa de los Brancourt con Barnes y luego había trabajado con Debbie para organizar el horario del personal. Se aseguró de que cada miembro de su equipo tuviera un día libre, pero sabía que ella no descansaría hasta que la investigación terminara. Estaría en el trabajo cada mañana sin falta, liderando a su equipo hasta que se asegurara de que se hiciera justicia para su víctima.

Mientras Carys le sostenía la puerta, Kay evaluó las filas de escritorios y se detuvo en seco.

La sorpresa fue rápidamente seguida por un sentimiento de orgullo cuando se dio cuenta de que todos los miembros de su equipo habían ignorado el horario y estaban presentes, contestando teléfonos, llamándose unos a otros a través de la sala y luciendo una expresión tan determinada como la suya propia.

—Buenos días, jefa —dijo Gavin cuando ella llegó a su escritorio y arrojó su abrigo sobre un gancho detrás de la puerta de la oficina sin usar del comisario Sharp.

—Buenos días. Entonces, ¿cuándo pensaban decirme que el nuevo horario era una pérdida de tiempo? —dijo, incapaz de contener la sonrisa en sus labios.

—Pensamos que sería una agradable sorpresa —dijo Barnes. Dejó caer su teléfono móvil sobre el escritorio junto a su taza de café y empujó una bolsa de papel hacia ella, señalando la bolsa y la taza de café para llevar junto a su ordenador—. Croissant. Supuse que no habrías desayunado.

—Gracias, Ian. —Abrió la bolsa, el pastel aún caliente, y arrancó una esquina para comer mientras se dirigía hacia la pizarra blanca y dejaba que el zumbido de la actividad la envolviera.

No había necesidad de tener una reunión informativa esta mañana; todas las tareas se habían asignado el día anterior a través de una mezcla de informes extraídos de HOLMES y los propios requisitos de Kay como oficial superior de investigación.

En su lugar, dejó que su mente divagara mientras asimilaba la información actualizada que había añadido la tarde anterior, examinando críticamente la investigación hasta la fecha y reflexionando sobre sus opciones para avanzar.

Era imperativo que mantuviera la energía del equipo enfocada y alerta a cualquier cosa que pudiera ayudarles a deducir cuál era la participación de Damien Brancourt en la remodelación del Edificio Petersham, si es que la víctima era efectivamente el hijo del gerente del proyecto.

La reunión de ayer con John y Annabelle Brancourt la había dejado inquieta y cuestionando sus propias afirmaciones sobre la identidad de la víctima.

Kay terminó el croissant mientras regresaba a su escritorio.

—Ian, mientras esperamos que lleguen los resultados de ADN de Lucas, trabajemos bajo el supuesto de que los Brancourt tienen razón y nosotros estamos equivocados. Verifica nuevamente su historia sobre el viaje de Damien a Nepal. ¿Llegó algo del Ministerio del Interior, Harry?

El sargento Davis se volvió desde la fotocopiadora y negó con la cabeza.

—No, jefa. Me comuniqué con alguien allí a última hora de ayer, pero me dijo que están cortos de personal esta semana. Es poco probable que obtengamos una respuesta antes del lunes ahora.

—¿Qué hay de las imágenes de videovigilancia de Heathrow?

—Tenemos una solicitud pendiente con la Agencia de Fronteras del Reino Unido —dijo Gavin —. Voy a llamarlos de nuevo en una hora para insistir. Tan pronto como llegue algo, se lo haré llegar a Andy Grey en la sede central.

—Gracias. —Kay escuchó mientras Gavin explicaba que había hablado con el experto forense digital el día anterior, y el hombre había ofrecido los servicios de dos de sus empleados conociendo la urgencia con la que Kay y su equipo necesitaban la información—. ¿Qué hay de los registros de su pasaporte?

—Todavía los estamos esperando —dijo Barnes —. He solicitado los registros para probar su fecha de salida. Annabelle Brancourt no pudo recordar la aerolínea o la agencia de viajes que Damien usó para organizar sus vuelos, así que no tenemos información al respecto. Sin embargo, si la Agencia de Fronteras puede proporcionarnos los detalles de su pasaporte, podríamos trabajar hacia atrás desde allí.

—Haz una llamada al Consulado Británico en Nepal también, Ian. Si Damien iba a hacer trabajo voluntario en comunidades afectadas por terremotos, es posible que se haya registrado con ellos en caso de emergencia. Bien podríamos procesar esto desde ambos extremos de su viaje. Dios sabe cuándo nos responderá la Agencia de Fronteras dada su carga de trabajo estos días.

—Buen punto, lo haré. —Barnes garabateó en su cuaderno—. Me puse en contacto con Amanda Miller antes de que llegaras; es una de las investigadoras financieras forenses con sede en la central. Estará aquí mañana para comenzar la investigación sobre cómo podría estar configurada Sutton Site Security para que podamos averiguar si hay algún fundamento en las acusaciones de Alexander Hill y John Brancourt.

—Eso es genial, gracias. Cuanto antes podamos contar con su orientación, mejor. —Kay llamó a Carys y esperó hasta que la detective se acercara—. ¿Puedes revisar los registros con Debbie y averiguar quién fue arrestado junto con Damien en la protesta estudiantil? Me gustaría entrevistarlos lo antes posible para escuchar lo que tienen que decir, especialmente a alguien llamada Julie Rowe. Según Annabelle Brancourt, ella es la razón por la que Damien se metió en problemas en primer lugar.

—Sin problema —dijo Carys—. ¿Quieres estar presente en todas las entrevistas?

—No, está bien; tú y Debbie las harán. Solo entrevistaré a Julie contigo.

Carys asintió y regresó hacia su escritorio, deteniéndose para hablar con Debbie cuando llegó a la agente que estaba recargando las impresoras.

Kay se apartó de las dos mujeres y acercó su silla al monitor de su ordenador, moviendo el ratón para activar la pantalla y luego recorrió con la vista la lista de correos electrónicos que habían aparecido esa mañana.

Contuvo un gemido; poco a poco se estaba acostumbrando a la carga de trabajo de gestión aumentada que ocupaba gran parte de su papel diario, y había elaborado un sistema para priorizar lo que necesitaba hacer y delegar el resto.

Tomó un gran sorbo de su café, flexionó los dedos y se sumergió en su trabajo.

CAPÍTULO 23

Doce horas después, Kay bajó el secador de pelo, con los sentidos alerta, y luego lo dejó caer sobre el edredón y se abalanzó sobre su teléfono móvil cuando el timbre llegó a sus oídos, mostrando un número desconocido en la pantalla.

—¿Diga?

El silencio respondió a su saludo.

Estaba muy bien repartir sus tarjetas de visita durante una investigación, pero a veces significaba que algún personaje poco recomendable encontraba su número, y contuvo la respiración. Las bromas durante la cena de *fish and chips* que había compartido con su equipo al final de un largo día se convirtieron en un recuerdo lejano mientras esperaba una avalancha de insultos al otro lado de la línea.

—¿Kay?

Casi se le cae el teléfono de la impresión, salvándolo de caer al suelo antes de llevárselo al oído, con el corazón acelerado.

—¿Mamá? —Se sentó en la cama, pasándose una mano por el pelo aún húmedo, con el ceño fruncido —. ¿Qué pasa?

—Nada. Bueno, quiero decir, tu padre sigue aquí. En el hospital, me refiero.

—¿Estás bien? ¿Papá está bien?

Un suspiro tembloroso y el crujido de una silla llegaron hasta ella.

—Mamá…

—No digas nada, Kay. Déjame hablar.

Pasó un momento en el que Kay se preguntó si su madre seguía al otro lado de la línea, y entonces su madre sorbió por la nariz.

—He estado hablando mucho con tu padre desde el fin de semana —dijo—. Discutimos. Cuando me enteré de que tú y Adam os habíais ido, eso resumió todo lo que pensaba de vosotros dos. Que vuestras vidas, vuestros trabajos, son más importantes que nosotros. Se lo dije a tu padre. No quería que vinieras más al hospital, Kay. No podía entender por qué habíais venido desde tan lejos el fin de semana; estaba segura de que luego oiría a Abby decir que habías sacrificado tu trabajo, que el negocio de Adam estaba sufriendo.

Hizo una pausa, un profundo suspiro tembloroso reemplazó el vitriolo que brotaba de sus labios, y Kay cerró los ojos.

Prefería enfrentarse a un criminal endurecido cualquier día, incluso a otro Mark Sutton; a cualquiera menos a la mujer que estaba sentada en un pasillo de hospital a más de ciento sesenta kilómetros de distancia, que odiaba cada gramo de la carrera elegida por Kay.

—Mamá…

—Tu padre me dijo que me callara.

—¿Perdón? ¿Lo hizo?

—Mmm. En retrospectiva, probablemente debería haberlo dicho más a menudo en el pasado. —Su madre soltó una risa amarga—. Supongo que ahora es demasiado tarde. Siempre he odiado tu trabajo, Kay; todavía lo odio. Odio el peligro al que te expones. Odio no saber si Adam nos va a llamar una noche tarde para decirnos que has muerto, persiguiendo a un criminal porque no lo dejarás ir. No te rendirás hasta que hayas conseguido la justicia que crees que merecen esas víctimas. Y cuando mató a mi nieta y no me lo dijiste durante más de un año, yo…

Kay oyó el sonido del teléfono móvil de su

madre siendo cubierto antes de que voces amortiguadas continuaran una conversación en el fondo. Intentó descifrar las palabras, pero se rindió frustrada y se tumbó en el edredón, mirando al techo.

—¿Sigues ahí? —chilló la voz de su madre.

—Estoy aquí.

—Bien. Entonces, Kay… necesito disculparme.

—¿Q…qué?

—Lo siento. Siento haber sido tan terriblemente mala contigo y con Adam. Puedo ver cuánto os queréis, y él es bueno para ti, me doy cuenta.

Kay frunció el ceño. —Mamá, me estás asustando. ¿Qué ha provocado esto? ¿Papá va a estar bien?

Un momento de silencio siguió a su pregunta antes de que su madre se recuperara.

—Claro que sí. Siempre lo está, ¿no? No hay nada de qué preocuparse.

—Entonces, ¿por qué…?

—Porque, ¿y si la próxima vez no lo está? —dijo su madre, bajando la voz a un susurro agonizante—. ¿Qué pasa entonces? Él ha sido la única conexión contigo que he tenido.

—Mamá, odio decirlo, pero esa ha sido tu elección. No nos lo has puesto fácil, ¿verdad?

—Lo sé. Eso es lo que he estado tratando de decir. Lo siento. Quiero hacer las paces.

Kay se pasó una mano por los ojos cansados y se levantó de la cama antes de caminar hacia el tocador. Se pasó un cepillo por los mechones húmedos y miró fijamente su reflejo, con la mandíbula apretada.

—No voy a suplicar, Kay. Perdóname. Dejemos el pasado atrás. Por tu padre, al menos.

—¿Por papá? ¿Y qué hay de ti?

—Por mí también. Quiero empezar de nuevo. ¿Podemos hacer eso?

Kay dejó caer el cepillo sobre la superficie de nogal con un estrépito y suspiró. —Podríamos intentarlo, supongo.

—Eso está bien.

—¿Por qué no me cuentas lo que dijo el médico sobre papá hoy? Supongo que aún no le permiten recibir llamadas en la planta, ¿verdad?

—Todavía no, no.

Mientras Kay escuchaba la actualización sobre la salud de su padre, se dio cuenta de que era de su madre de quien había heredado su habilidad para recordar detalles y terminología complicada. La idea la dejó atónita por un momento, y se sentó en el borde de la cama mirando al vacío.

—¿Kay? ¿Sigues ahí?

—Sí. Estoy aquí. Entonces, ¿todo bien?

—Así es. Mira, tal vez cuando tu padre regrese a casa y esté lo suficientemente bien, tú y Adam podríais venir aquí a comer una barbacoa dominical. A él le gustaría eso, ¿no?

Kay sonrió. —Sí, le gustaría, y a mí también.

CAPÍTULO 24

Kay se quitó los guantes de lana, los metió en su bolso y entró en el concurrido área de recepción de la comisaría de la ciudad.

Eran solo las siete y media de la mañana, pero el sargento de guardia en recepción ya tenía una expresión agobiada cuando Kay presionó su pase de seguridad contra el cierre interior, mientras el teléfono sonaba incesantemente y el hombre intentaba conversar con una anciana que claramente tenía problemas de audición.

Le dedicó una leve sonrisa, luego entró en el pasillo y dejó que la puerta se cerrara tras ella antes de subir apresuradamente las escaleras.

Kay se quitó rápidamente las capas exteriores de ropa, cruzó la sala de incidentes hacia la tetera, accionó el interruptor y se dispuso a preparar cuatro tazas para ella y su equipo de detectives.

Barnes fue el primero en llegar, maldiciendo a todo volumen sobre el estado del tráfico y la falta de estacionamiento cerca de la comisaría, antes de ser silenciado por Carys, quien irrumpió por la puerta pisándole los talones a Gavin y proclamando que el armario de papelería había sido saqueado por un sargento que dirigía una serie de investigaciones de robos en la habitación contigua.

—A Debbie le dará un ataque cuando vea lo que ha hecho —dijo, tomando una humeante taza de café de Kay—. Gracias, jefa.

—Pues tú se lo puedes decir, yo no —dijo Gavin —. Da miedo cuando está enfadada.

Kay dejó que las bromas disminuyeran mientras sus colegas encendían sus ordenadores, y luego los reunió alrededor de su escritorio.

—Bien, haré la reunión informativa a las ocho y media, así que revisad vuestros correos electrónicos, obtened actualizaciones del resto del equipo y luego comenzaremos —dijo—. Nuestro enfoque hoy es determinar si Damien Brancourt salió del país y, si lo hizo, dónde está ahora. Esta tarde, examinaremos cualquier conexión entre él y las protestas del año pasado. ¿A qué hora son las entrevistas con sus amigos y conocidos, Carys?

—A las nueve y media, jefa —Carys sonrió—. Recuerdo cómo era yo cuando era estudiante, así que pensé que no tenía sentido pedirles que vinieran antes.

—Tiene sentido. ¿Lograste contactar a Julie Rowe?

—Sí, está programada para las once cuarenta y cinco. Aquí está la lista completa. ¿Hay alguien más ahí con quien te gustaría hablar?

Kay recorrió con la mirada los nombres y breves resúmenes que Carys y Debbie habían recopilado durante el fin de semana, y luego clavó su dedo en la página. —Este es nuevo. Shaun Browning. Dice aquí que conoce a Damien desde que estaban en la escuela secundaria juntos.

—Hughes organizó la entrevista después de hablar con uno de los otros amigos de Damien —dijo Carys—. Está previsto para las tres en punto, ¿encaja con tus planes?

—Sí, debería estar bien, gracias.

Kay devolvió el papeleo antes de recorrer con la mirada una lista de acciones de la base de datos HOLMES que se mostraban en su pantalla, todas obtenidas de las entradas realizadas por el equipo de investigación mientras trabajaban y luego priorizadas por los algoritmos del software para ayudarla con la gestión de la investigación.

Miró su reloj. —Demasiado temprano para esperar una llamada telefónica de la Agencia de Fronteras, Gav. ¿Qué hay de las imágenes de videovigilancia?

—Contacté a mi contacto en Heathrow hace media hora, acababa de empezar su turno —dijo el agente —. Va a subirlo directamente a un sitio de transferencia de archivos seguro que Andy Grey le ha proporcionado. De esa manera, Andy y su equipo pueden comenzar tan pronto como llegue. Recibiré un mensaje de Andy cuando lo tenga y lo registraré en el sistema.

—Gracias. Avísame tan pronto como Andy tenga noticias sobre Damien. Ian, ¿cómo va tu contacto en el Consulado Británico en Nepal?

—Recibí un correo electrónico de él esta mañana diciendo que está esperando la confirmación del aeropuerto en Katmandú, pero… —Barnes se interrumpió cuando sonó su teléfono—. ¿Hola?

Kay resistió el impulso de caminar por la habitación mientras él hablaba por teléfono, sabiendo por experiencia que una pista podía surgir de cualquier parte, en cualquier momento. Nunca había una forma establecida en que se desarrollara una investigación, y las interrupciones eran una expectativa constante.

El detective mayor colgó el auricular y señaló con el pulgar por encima de su hombro hacia la puerta. — Era Simon en la recepción de abajo. Amanda Miller está aquí, la investigadora financiera de la sede central.

—Usaremos la antigua oficina de Sharp. ¿Quieres ir a buscarla?

—Vuelvo. en un minuto. Ah, y como estaba diciendo, nada de Nepal todavía.

Kay reconoció la actualización, y luego se abotonó la chaqueta del traje y entró en la antigua oficina del comisario.

Afortunadamente, los limpiadores habían estado allí la semana anterior antes de que la investigación comenzara en serio, así que la fina capa de polvo que había notado en el escritorio y los archivadores había sido eliminada, los restos de la presencia de Sharp ordenados en pulcras pilas de carpetas y manuales de investigación a un lado de un ordenador inactivo.

Kay apartó una desgastada silla de visita del escritorio y la empujó bajo la ventana antes de sustituirla por otra más cómoda y luego trató de no caminar por la habitación mientras esperaba.

La alfombra ya estaba desgastada por los días de

Sharp dirigiendo investigaciones desde la pequeña comisaría, y dados los recortes presupuestarios que afectaban al servicio policial, no creía que se instalara un reemplazo pronto.

Una tos educada de Barnes precedió a una mujer morena baja de unos cincuenta y tantos años que entró en la oficina, con una expresión determinada en el rostro y un maletín de cuero desgastado en una mano.

Kay extendió su mano. —¿Amanda Miller?

—Soy yo. Encantada de conocerla, inspectora Hunter.

—Por favor, llámeme Kay. ¿Le apetece té o café? —Kay señaló las sillas de visita mientras Barnes seguía a Amanda a la habitación y cerraba la puerta.

—Estoy bien, gracias.

—De acuerdo. —Kay tomó el antiguo asiento de Sharp y apoyó sus manos en el desgastado secante de tinta que el comisario había insistido en usar—. Seré completamente honesta con usted, Amanda. No he trabajado con un investigador financiero antes, así que ¿qué necesita de mí?

Los labios de la mujer se curvaron en una sonrisa.

—Bueno, ¿por qué no comienzo contándole lo que hago, y luego ideamos un plan para su problema en particular?

CAPÍTULO 25

Amanda Miller abrió su maletín y entregó a Kay y Barnes un delgado documento encuadernado a cada uno.

—Cuando el oficial Barnes me contactó a finales de la semana pasada, lo primero que hice fue pedir una visión general de su investigación hasta la fecha, junto con los asuntos que les preocupan en cuanto a cómo mi experiencia puede ayudarles —dijo—. Basándome en eso, he elaborado un alcance de trabajo que servirá como guía para mi contribución. Podemos discutirlo ahora, y esta es su oportunidad de hacer cualquier modificación a ese alcance para que todos tengamos una comprensión clara de lo que necesitan que haga. ¿Les parece bien?

Kay asintió, hojeando las páginas frente a ella. —

Sí. Entonces, dado lo que ha leído hasta ahora sobre nuestros tratos con Sutton Site Security y las acusaciones en su contra, ¿qué sugiere que hagamos a continuación?

Amanda colocó su maletín en el suelo junto a su silla y cruzó las piernas. —Comenzaré utilizando nuestra base de datos ELMER. Ahí es donde registramos todos los Informes de Actividad Sospechosa; ayuda a construir una historia sobre una empresa o persona a lo largo del tiempo y mantiene toda la información en un solo lugar para facilitar la consulta, muy similar supongo a su sistema HOLMES. Los SAR son proporcionados por la industria financiera: bancos, compañías de pensiones, etcétera. Usando ELMER, buscaré cualquier evidencia de riqueza inexplicable, depósitos de efectivo inusuales o pagos, ese tipo de cosas. Tengo acceso a números de cuenta, estados bancarios, pensiones, hipotecas, todo. Pronto descubriremos si los ingresos de Mark Sutton de su negocio de seguridad son suficientes para mantener su estilo de vida.

—¿Cómo nos ayuda eso? —dijo Barnes—. Quiero decir, estamos tratando de averiguar si tuvo algo que ver con la muerte de Damien Brancourt, no si pagó sus impuestos el año pasado.

Amanda sonrió. —Me doy cuenta de eso. Esta primera etapa de mi trabajo es construir un perfil sobre Sutton, para que podamos ver con qué estamos lidiando. Una vez que tenga eso, podemos comenzar a analizar sus cuentas y desmenuzar su negocio a nivel micro. Por ejemplo, ¿tiene más personal en sus varios contratos de lo que afirma estar pagando? Eso indicaría que les está pagando en efectivo, lo que para mí dice dos cosas. O bien está evadiendo impuestos, o está usando el efectivo que paga a empleados no registrados para lavar dinero que entra al negocio. Otro ejemplo: usted mencionó en su correo electrónico, Ian, que había recibido acusaciones contra Mark Sutton de que había amenazado a una empresa de construcción para ganar trabajo y había robado dos generadores y equipo para coaccionarlos a otorgarle ese trabajo. También declaró que cuando visitó las oficinas de Sutton la semana pasada, no había vehículos de planta cerca del edificio. Entonces, ¿cómo robó el equipo? ¿Alquiló vehículos para sacarlo del patio de Brancourt and Sons? Si lo hizo, ¿cómo lo pagó? ¿Podemos encontrar evidencia de esa manera? ¿Ve a lo que me reficro?

—Le entiendo —dijo Barnes—. ¿Qué hay de las personas que trabajan para él? No puedo imaginar que Mark Sutton se ensucie las manos; haría que alguien más robara el equipo por él y llevara a cabo cualquier amenaza en el sitio.

—Bueno, siempre está el uso de cajeros automáticos y vincularlo con cualquier grabación de videovigilancia que puedan obtener —dijo Amanda—. Una vez que haya profundizado en los registros bancarios de la empresa, puedo determinar qué tarjetas de débito se han emitido a Sutton y su personal. También puedo ver si esas tarjetas se han utilizado cerca de las instalaciones, casa o sitios de trabajo de Brancourt. Elaboraré un mapa completo del área que muestre el uso de cada tarjeta y podemos partir de ahí. ¿Les parece bien?

Kay se reclinó en su silla, su entusiasmo creciendo. —Sí, suena bien. ¿Qué necesita de nosotros en esta etapa?

—Ya tengo autorización de la sede central para los registros HOLMES relacionados con esta investigación —dijo Amanda—. La mejor manera de hacer esto, y hablo por experiencia, es permitirme un par de días para obtener los detalles finales que necesito sobre Sutton Site Security de los SAR archivados y sus entrevistas hasta la fecha, y luego les proporcionaré un informe provisional en unos días para hacerles saber dónde estoy y los pasos que creo que debemos seguir después. No se preocupen —

añadió, al ver la expresión de horror que cruzó el rostro de Barnes—, no habrá mucho papeleo para que se sumerjan; aprecio que tengan otros ángulos de esta investigación que seguir. Piensen en ello más como una lista de verificación, una forma de asegurarse de que nuestras dos investigaciones se complementen entre sí. También les da la oportunidad de dirigirme hacia cualquier otro asunto que hayan encontrado y que quieran que examine.

Kay pasó a una página nueva de su cuaderno y anotó el plan de acción acordado. —Suena bien. ¿Hay algo más que debamos tener en cuenta?

—Sí. Debo insistir en que hasta que mi investigación concluya, mantengamos mi participación confidencial. No podemos permitirnos que nadie en Sutton Site Security sepa que estamos haciendo esto. Por ahora, es solo un estudio de escritorio, pero si puedo encontrar algo que puedan usar como palanca contra ellos en relación con su caso, se los haré saber de inmediato.

Kay se levantó de su asiento y extendió la mano. —Este es un alcance exhaustivo, gracias. Tenemos un escritorio listo y esperando para usted en la sala de incidentes. Barnes, ¿podrías mostrarle a Amanda dónde encontrar todo allí afuera, y luego nos pondremos al día?

—Jefa.

El detective mayor acompañó a Amanda a la puerta, y cuando desaparecieron de vista, Kay se acercó a la ventana y dejó que su mirada vagara por el estacionamiento de abajo.

El entusiasmo de la investigadora financiera era contagioso; Kay podía sentir la emoción aferrándose a su pecho.

Seguramente encontrarían algo que pudieran usar contra Mark Sutton, ¿no?

¿Y si él había amenazado a Damien Brancourt para coaccionar a su padre a otorgarle el contrato? ¿Había Damien descubierto de alguna manera la adjudicación fraudulenta del contrato y confrontado a Sutton?

Se dio la vuelta al oír pasos.

Barnes cerró la puerta y arqueó una ceja. —Joder, Kay, es buena.

—Eso espero, Ian. No tenemos mucho más en qué basarnos por el momento.

CAPÍTULO 26

Kay tecleó el código en el teclado numérico de la puerta de la sala de interrogatorios dos con su dedo índice y cruzó el umbral, cerrando la puerta antes de dirigirse a la mesa al fondo de la habitación.

Carys estaba sentada a un lado, con su cuaderno abierto en una página en blanco.

Mientras Kay se acercaba, observó a la mujer delgada sentada frente a la agente.

Julie Rowe se pellizcaba la piel de la uña del pulgar, su cabello castaño recogido en un moño severo que no favorecía en nada su apariencia. Su boca mostraba una expresión petulante mientras levantaba la mirada hacia Kay.

—¿Julie Rowe? Gracias por venir —dijo.

—No es que tuviera mucha elección, ¿verdad?

Kay ignoró el comentario y en su lugar se volvió hacia Carys. —¿Comenzamos?

Carys asintió, luego recitó la advertencia estándar para una entrevista a testigos. Una vez hecho esto, abrió la carpeta.

—Julie, ¿puede comenzar contándonos cómo conoce a Damien Brancourt?

Kay felicitó en silencio a su joven protegida. En ese momento, trabajaban bajo la premisa de que la insistencia de los Brancourt en que el cuerpo encontrado en el techo del Edificio Petersham no era Damien, y Carys había optado por entrevistar a cada uno de sus amigos y conocidos en consecuencia. No se debía mencionar durante las conversaciones la posibilidad de que Damien Brancourt hubiera encontrado la muerte en el sitio de construcción de su padre.

—En la universidad. Hace unos años.

—¿Estudiaban las mismas materias? —preguntó Carys.

—Dios, no. —Julie soltó una risa ahogada—. Él estudiaba negocios, gestión de proyectos y cosas así. Yo estaba terminando una maestría en política.

—¿Es usted mayor que él?

—Por un año y medio, sí. Empezamos a hablar

una noche en el bar de la asociación de estudiantes. Él trabajaba allí para ganar un poco de dinero extra.

—Hay un largo trecho entre tomar una copa y organizar una protesta —dijo Carys—. ¿Cómo se involucró en eso?

Julie se encogió de hombros, bajando la mirada hacia sus manos. —Parece una estupidez ahora, mirando atrás.

—Continúe.

—Bueno, solo queríamos hacer un llamado de atención, ¿sabe? Hay mejores cosas en las que el ayuntamiento puede gastar el dinero por aquí que en arreglar edificios viejos.

—¿Quién organizó las protestas?

—Yo lo hice. —Julie se removió en su asiento y se sentó más erguida—. Sabía que si yo no lo hacía, nunca sucederían. Todos los demás, incluido Damien, eran habladores, no hacedores.

—¿Cómo convenció a Damien Brancourt de involucrarse, dado que su padre era uno de los gerentes de construcción de los proyectos de remodelación?

Una leve sonrisa cruzó los labios de Julie. —Creo que él y su padre habían tenido una discusión de algún tipo unos días antes. Creo que era la forma de Damien de hacer un gesto grosero a sus padres, eso es todo. —Su rostro se ensombreció—. Oiga, no está en problemas, ¿verdad? Damien, quiero decir.

—¿Cuándo fue la última vez que lo vio? —dijo Kay.

La mujer exhaló mientras miraba al techo. —Em, supongo que debió ser en junio. Sí. Antes de que hiciera mucho calor.

—¿Dijo cuáles eran sus planes para el verano?

—Sí. El maldito afortunado iba a viajar. A Nepal, creo.

—¿Qué tan cercanos eran usted y Damien antes de que se fuera? —dijo Carys.

—No nos acostábamos, si es eso lo que quiere decir —dijo Julie, arrugando la nariz—. No era mi tipo. Un poco pijo, para ser honesta. ¿Han visto la casa de sus padres? Es enorme.

—¿Ha estado allí?

Julie negó con la cabeza. —No dentro, tuve que dejarlo allí después de una de nuestras manifestaciones.

—¿Él no conducía?

—Dijo que no quería un coche. Probablemente porque se iba de viaje, no tiene sentido tener uno y que esté estacionado en la entrada durante casi un año, ¿verdad?

—Cuéntenos sobre el incidente en la protesta —

dijo Kay—. Damien fue arrestado por un altercado con uno de los guardias de seguridad.

—Maldito idiota. Les dije a todos que se suponía que era una protesta pacífica, pero Damien no escuchó. No sé qué lo inició, solo escuché al tipo gritar después de que Damien fue por él, pero después, cuando pregunté, Damien dijo que el hombre había insultado a su padre, así que lo golpeó.

Carys hojeó sus notas. —¿Ese era el guardia de seguridad, Jeff Donovan?

—No sé su nombre. Llevaba uno de esos uniformes con las tres S bordadas en el frente, sobre el corazón.

—¿Habló con Damien después de que lo liberaron?

—Solo brevemente. —Julie suspiró y se recostó en su asiento—. Le dije que no quería que viniera a más manifestaciones si no podía controlar su temperamento. No necesito ese tipo de problemas en mi historial.

—¿Su historial? —dijo Carys.

Las facciones de Julie se iluminaron. —Sí. Planeo postularme para el Parlamento algún día. Representar los intereses locales a nivel nacional.

—¿Alguna vez usted o Damien fueron

amenazados durante o después de la protesta? —dijo Kay.

La mujer negó con la cabeza. —No. Esa es la cuestión. La única persona que amenazó a alguien fue Damien cuando fue tras ese tipo. Lo escuché decirlo.

—¿Decir qué?

—Que si él y su jefe no dejaban en paz al padre de Damien, se arrepentirían.

CAPÍTULO 27

Kay se apoyó contra el yeso del pasillo de la sala de interrogatorios y observó cómo Carys guiaba a Julie Rowe de vuelta a través de las puertas hacia el área de recepción.

La declaración de la testigo le preocupaba.

Había leído la documentación formal tras el arresto de Damien Brancourt, y no se había presentado ninguna denuncia formal contra él en relación con las supuestas amenazas que había hecho hacia Jeffrey Donovan, el guardia de seguridad.

Solo tenían la afirmación de Julie de que había más en el altercado que una simple protesta estudiantil.

¿Qué había estado tramando Damien? ¿Qué había intentado lograr?

Kay se apartó de la pared cuando Carys reapareció, luciendo una expresión perpleja que Kay estaba segura de que coincidía con la suya.

—¿Qué piensas, jefa? —dijo.

—¿Alguno de sus otros amigos ha mencionado algo sobre amenazas hacia Sutton Site Security?

—No he oído nada aún, pero Gavin y Parker deberían estar terminando las últimas entrevistas en unos treinta minutos.

—De acuerdo. Tendremos una reunión temprana para repasar los puntos destacados en lugar de esperar a que toda la información se actualice en HOLMES. ¿Por qué no te tomas un descanso y almuerzas algo? Has estado trabajando sin parar desde la semana pasada.

—Gracias, jefa. Tengo que admitir que estoy muerta de hambre.

Kay señaló con el pulgar por encima de su hombro. —Voy a sentarme en la sala de observación. A ver si puedo aprender algo de esta entrevista antes de que termine. ¿Podrías traerme un sándwich o algo?

—Claro. Nos vemos en un rato.

Carys se alejó rápidamente y Kay caminó por el pasillo hasta llegar a una puerta sólida con una advertencia de seguridad en un cartel fijado en su superficie.

Pasó su tarjeta de seguridad por el mecanismo de bloqueo a un lado, luego entró en la habitación.

Una serie de pantallas de ordenador estaban colocadas en un largo escritorio de madera frente a la puerta, dos de las cuales estaban encendidas.

Kay acercó una silla frente a ellas y se hundió en ella con un suspiro, luego extendió la mano y subió el control de volumen debajo de una de las pantallas.

En la pantalla, Gavin y Parker estaban sentados a un lado de un escritorio frente a un hombre de unos veinte años que se pasaba la mano por un flequillo oscuro húmedo de sudor.

Kay abrió su cuaderno hasta que encontró una nota con el nombre del hombre.

Shaun Browning.

La investigación del equipo mostraba que Browning había estado en la escuela secundaria con Damien Brancourt, eventualmente asegurando un lugar en la Universidad de Winchester.

En este momento, parecía que preferiría estar de vuelta en Hampshire en lugar de sentado en una sombría sala de interrogatorios en una comisaría de Kent.

—¿Cuándo fue la última vez que vio a Damien? —dijo Gavin, su voz conteniendo un tono metálico debido a la forma en que se habían configurado los micrófonos en la habitación.

—En abril —dijo Browning—. No socializamos mucho estos días, pero alguien que conocíamos en la escuela se comprometió y ambos fuimos invitados a la fiesta.

—¿El compromiso de quién? —dijo Gavin.

—Ian Marlow.

Parker empujó un bolígrafo y papel a través del escritorio. —Necesitaremos sus datos, por favor. Dirección y número de teléfono.

Browning obedeció, y Kay entrecerró los ojos hacia la pantalla.

La mano del hombre temblaba mientras garabateaba en la página, y dejó caer el bolígrafo cuando terminó como si le quemara los dedos.

—¿De qué habló con Damien? —dijo Parker.

—Dios, no puedo recordar. Fue hace siete u ocho meses. Sé que planeaba viajar a Nepal. Mencionó eso.

—¿Cómo lo vio la última vez? ¿Dijo o hizo algo que le preocupara? —dijo Gavin.

La cabeza de Browning se sacudió mientras se giraba para mirar al agente, sus facciones tornándose rosadas. —¿Como qué? ¿Está en problemas o algo?

—Responda la pregunta, por favor.

—No, era solo Damien. Igual que siempre.

Resentido por algo y feliz de quejarse de ello con cualquiera que quisiera escuchar. Me cansé después de diez minutos y me disculpé. Terminé charlando con una chica de Paddock Wood. —Se reclinó en su asiento, sus hombros relajándose un poco—. De hecho, me caso con ella el próximo año.

—Felicidades.

Kay resopló ante el tono de Gavin; era evidente que el detective estaba frustrado por la falta de progreso en la entrevista y después de otros veinte minutos de preguntas, parecía que Shaun Browning no iba a ser de más utilidad para la investigación.

Gavin terminó la entrevista y apagó el equipo de grabación, aunque dejó al hombre sentado en el escritorio cuando salió de la habitación con Parker.

Kay se abrió paso hacia el pasillo y se encontró con ellos cuando se dirigían hacia la salida.

—¿Por qué Shaun Browning parecía tan nervioso cuando lo estabais entrevistando? —dijo.

Parker sonrió. —Los uniformados lo recogieron esta mañana antes de que tuviéramos la oportunidad de contactarlo —dijo—. Le encontraron una pequeña cantidad de cannabis.

Kay puso los ojos en blanco. —Genial. ¿Lo acusasteis?

Parker negó con la cabeza. —Lo dejaremos ir con

una advertencia. Tiene una entrevista mañana con una de las grandes empresas manufactureras en Aylesford. No creímos que valiera la pena arruinarle la semana, dado que es su primera ofensa.

—De todas formas no conseguirá el trabajo si no pasa la prueba de drogas y alcohol que esa empresa exige —dijo Gavin, con una sonrisa en su rostro—. Idiota. Pensamos dejarlo allí para que se cocine un rato antes de que alguien le muestre la salida.

—¿No hay más información sobre ese rencor que tenía Damien Brancourt?

—No es tanto un rencor —dijo Parker, volteando una página en su libreta y mirando fijamente su escritura—. Al parecer, John Brancourt siempre había esperado que Damien se hiciera cargo del negocio y Damien no quería. Pensaba que está por debajo de él.

—Familias, ¿eh? —dijo Kay—. Muy bien, vayan y léanle la cartilla sobre el cannabis y luego los veré arriba. Reunión informativa en media hora.

—Jefa.

KAY SE SACUDIÓ las migas de los pantalones del traje y arrugó la bolsa de papel mientras se lamía los últimos restos de mantequilla de los dedos.

Cogiendo un pañuelo de papel de la caja que compartía con Barnes, se limpió las manos y luego tiró la basura en el cubo debajo de su escritorio y bloqueó la pantalla de su ordenador.

—Bien, todos. Al frente de la sala —llamó, empujando hacia atrás su silla—. Carys, ¿puedes darnos un resumen de las otras entrevistas realizadas hoy?

La agente se abrió paso hacia el frente de la sala antes de dirigirse a sus colegas.

—Hemos entrevistado a ocho testigos desde esta mañana, y aparte de Julie Rowe y Shaun Browning, nadie tiene nada malo que decir sobre Damien Brancourt. Tres de ellos no habían mantenido contacto con él desde que dejaron la universidad, uno había trabajado con él brevemente en la gasolinera de la A20 cuando estaban en el sexto curso, y los otros cuatro estuvieron en la universidad con él hasta el año pasado. Ninguno de ellos era cercano a él: se seguían en las redes sociales, pero eso es todo. En ese punto, les preguntamos si habían visto alguna publicación de Damien mientras ha estado en Nepal, pero no lo habían hecho; todos afirmaron que creían que la razón de esto era que él no tenía conexión a internet allá.

—Tiene sentido. Gracias. —Kay esperó hasta que Carys hubiera llegado a su asiento antes de poner al equipo al día sobre las entrevistas de Julie Rowe y Shaun Browning. Golpeó con el dedo sus fotos clavadas en la pizarra—. Muy bien, ¿qué pensamos? ¿Alguien?

—¿Y si la amenaza de Damien hacia Jeff Donovan fue tomada en serio por Mark Sutton, quien decidió impartir su propia forma de retribución? —dijo Gavin.

—¿Te refieres a una especie de ojo por ojo que salió mal? —dijo Barnes.

—Sí. Tal vez pretendían darle una paliza, pero se les fue de las manos.

Kay frunció el ceño y se apartó de la pizarra, haciendo girar el bolígrafo entre sus dedos. —Podría ser, excepto que sabemos por Lucas que Damien (suponiendo que sea él) fue electrocutado antes de sufrir la herida en la cabeza. Traed a Donovan para interrogarlo a primera hora de la mañana. Me interesará escuchar lo que tiene que decir sobre Damien y su altercado.

—¿Crees que fue torturado, jefa? —dijo Carys—. Me refiero, con la electrocución.

Un silencio conmocionado reemplazó las conversaciones apagadas que tenían lugar en la sala de incidentes mientras sus palabras calaban.

—Maldita sea —dijo Barnes.

La mirada de Kay cayó a la alfombra por un momento mientras meditaba su respuesta. —Carys, ¿puedes contactar a Lucas justo después de esta reunión y pedirle que revise su informe de la autopsia a la luz de tu teoría? Ve si puede encontrar algo que la respalde.

—Lo haré, jefa.

—Si nuestra víctima fue torturada, entonces Mark Sutton es mucho más peligroso de lo que habíamos pensado. A partir de ahora, quiero que trabajéis en parejas fuera de esta sala, ¿entendido?

—Sí, jefa.

—Entendido, jefa.

—Y nadie, repito *nadie* se acerca a Mark Sutton a menos que yo o Barnes estemos con vosotros. Es una orden.

CAPÍTULO 28

Kay se detuvo detrás de Gavin y miró a través del cristal de privacidad al hombre sentado en la sala de interrogatorios uno, antes de entrecerrar los ojos.

—Está esperando lo peor si tiene a Brian Sutherland representándolo —murmuró.

—¿Es bueno? —dijo Gavin, deslizando un cuaderno limpio sobre el escritorio hacia Barnes.

—Paciente. Tiene que serlo, con algunas de las personas con las que se junta. ¿Estás listo, Ian?

—Jefa. —Barnes agarró el cuaderno, se guardó un bolígrafo en el bolsillo y luego encabezó la salida por la puerta hacia la sala de interrogatorios.

Inició la grabación, dio la advertencia necesaria a Jeffrey Donovan y presentó a los presentes, antes de hacerle una señal a Kay.

—Comencemos con su empleo en Sutton Site Security, señor Donovan —dijo Kay, ignorando al abogado que puso los ojos en blanco y destapó su pluma estilográfica.

—¿Qué pasa con eso?

—¿Cuánto tiempo ha trabajado para Mark Sutton?

—Desde que salí de prisión hace cuatro años.

—¿Y cómo solicitó el trabajo?

—¿Solicitar?

—¿Cómo consiguió el trabajo?

—Conozco a Mark desde hace unos años —dijo Donovan—. Antes conducía un taxi. Cuando dejé de hacerlo, él me ofreció un trabajo.

—¿Por qué dejó de conducir un taxi?

—¿Qué tiene que ver eso con su investigación, detective? —dijo Sutherland, arqueando una ceja.

—Contexto —dijo ella, y luego se volvió hacia su cliente—. Conteste la pregunta, Jeffrey.

Donovan miró a su abogado, quien se encogió ligeramente de hombros.

—Perdí mi licencia.

—¿Por qué?

—Me pillaron conduciendo borracho. —Sonrió con suficiencia—. Me prohibieron conducir durante doce meses, así que necesitaba dinero porque no podía trabajar. Mark me dio un trabajo y cuando recuperé mi licencia, decidí que ya no me apetecía conducir el taxi, así que me quedé con él.

Kay abrió el expediente que Barnes le entregó. —¿Tiene alguna cualificación formal en seguridad?

—No. No las necesito. No trabajo en ningún local con licencia, y no es como si estuviera cuidando niños, ¿verdad?

—Entonces, ¿qué lo cualifica para trabajar en el negocio de seguridad de Mark Sutton?

Su labio superior se curvó. —Experiencia.

—Hábleme de Damien Brancourt.

—¿Qué pasa con él?

—¿Por qué lo golpeó?

—Tendrá que preguntárselo a él. Yo no lo sé.

—Un testigo con el que hemos hablado dice que Damien Brancourt les dijo a usted y a Mark Sutton que dejaran en paz a su padre.

Donovan parpadeó, pero permaneció en silencio.

—Además, nuestro testigo afirma que Damien insinuó que habría consecuencias si no hacían caso a su advertencia. —Kay juntó las manos y miró fijamente a Donovan—. ¿Cuál es su relación con John Brancourt?

Donovan cruzó los brazos sobre el pecho y se recostó en su asiento. —Trabajé en una de sus obras.

A través de Mark. Seguridad y esas cosas. Excepto que él decidió que no iba a pagar a tiempo.

—¿Qué hizo usted?

—¿Yo? Yo no hice nada. Mark me pagaba sin importar lo que pasara entre él y sus clientes. No me afecta si Brancourt no paga sus facturas.

—¿Qué hizo Mark?

Donovan levantó las manos. —¿Cómo voy a saberlo? Lo primero que supe fue cuando su hijo me vio, dejó caer el letrero que había estado agitando en el aire y vino a por mí.

Kay se giró al oír un golpe en la puerta. —Adelante.

Apareció Carys, con una nota entre los dedos. Se la entregó a Kay antes de darse la vuelta y cerrar la puerta tras ella.

Kay miró a Donovan. —Interesante. Parece que ya no está empleado por Mark Sutton. ¿Desde cuándo?

—Desde mayo más o menos. Sí, mayo. Antes de que empezara el calor.

—¿Por qué no?

—No lo sé. Supongo que el trabajo se agotó.

—¿Dónde trabaja ahora?

—Aquí y allá. Trabajo un par de días sirviendo pintas en uno de los pubs del pueblo.

—¿Por qué no presentó cargos contra Damien Brancourt? —Kay hojeó las páginas del expediente —. Ni siquiera respondió a las llamadas telefónicas de mis colegas para que viniera a dar una declaración sobre la agresión.

—No había necesidad, ¿verdad? Es decir, el chico era un idiota, pero no pasó nada grave. Creo que los suyos le dieron más importancia de la que tenía, para ser honesto. Me hubiera causado más problemas de los que valía la pena involucrarme.

Kay deslizó una fotografía del cuerpo momificado en la escena del crimen a través de la mesa hacia Donovan. —Tenemos razones para creer que estos son los restos de Damien Brancourt. La víctima fue encontrada en la cavidad del techo de otro edificio que Sutton Site Security estaba vigilando. Ese contrato había sido adjudicado a Mark Sutton por John Brancourt en circunstancias dudosas.

Donovan apartó la mirada de la fotografía. —¿Y qué?

—¿Mató a Damien Brancourt y escondió su cuerpo?

—¡No! —Saliva cubrió los labios del hombre—. Nunca he matado a nadie. Usted mismo lo dijo, no he trabajado para Mark desde mayo, así que no pude haber hecho eso, ¿verdad?

Brian Sutherland puso una mano restrictiva en el brazo de su cliente, y luego miró furioso a Kay. —Explíquese, detective Hunter. Mi cliente se ofende por tales acusaciones.

Kay esperó hasta que Donovan se calmó. —Entonces explíqueme por qué Damien lo amenazó solo meses antes de su muerte, y por qué parece saber que Damien desapareció en junio.

—Ya le dije, no tengo ni idea sobre la amenaza. Pareció salir de la nada. Probablemente solo me eligió a mí porque podía ver el logo en mi camisa. Podría haberle pasado a cualquiera de nosotros. —Se encogió de hombros—. Y debe haber sido alguien más que trabaja para Mark quien me dijo que Damien no estaba por aquí en junio. Se iba de vacaciones o algo así, ¿no?

—Trabajando para una organización benéfica en Nepal, en realidad.

El rostro de Donovan se iluminó con una sonrisa maliciosa. —Trabajo benéfico, y un cuerno. El pequeño enano estaba huyendo de sus responsabilidades, ¿no? No quería trabajar para su viejo. ¿Qué sentido tiene hacerse cargo de un negocio que se está muriendo?

CAPÍTULO 29

Kay luchó contra la familiar sensación de impaciencia mientras observaba al equipo de detectives y oficiales uniformados reunirse en la sala de incidentes a la mañana siguiente.

Finalmente, después de días de especulación y de dudar de sus decisiones, parecía que tenían un avance que les permitiría concentrar su atención en reducir el campo de sospechosos.

El agente más joven del equipo apenas se había hundido en un asiento en medio de la pequeña multitud cuando Kay comenzó.

—Gavin, ¿podrías poner al día a nuestros colegas sobre lo que hemos averiguado esta mañana?

—Jefa. —Gavin se levantó de su silla y asintió hacia dos miembros del personal administrativo que se apartaron para dejarlo pasar, finalmente posicionándose al lado de la habitación junto a la ventana. Esperó hasta que el murmullo de voces se disipara, luego cerró su cuaderno.

—Recibí un correo electrónico anoche del Consulado Británico en Katmandú. No tienen ningún registro de que Damien Brancourt los contactara en situación de apuro por ningún motivo, ni tienen nota de que alguna vez haya llegado al país.

El bullicio de voces comenzó una vez más, la emoción era palpable.

Gavin levantó la mano para silenciar a sus colegas. —También hemos recibido una llamada telefónica esta mañana de la Agencia de Fronteras del Reino Unido. Damien Brancourt no ha utilizado su pasaporte desde un viaje de una semana a Magaluf hace dos años y medio.

La sala de incidentes estalló en charlas.

—Gracias, Gavin. —Kay elevó su voz por encima de la de sus colegas—. Muy bien, silencio todos. Barnes, eres el siguiente.

—Jefa. —Barnes se apartó de la pared en la que había estado apoyado—. He hablado con Andy Grey, y confirma que su equipo ha concluido la revisión de las imágenes de videovigilancia de las principales estaciones de tren de Londres y del aeropuerto de

Heathrow, las cinco terminales. No hay avistamientos de Damien Brancourt en ninguna de las imágenes, ni dentro ni fuera. Andy confirmó que revisaron doce horas antes y después del vuelo de Damien para asegurarse. Nunca apareció.

—Bien —dijo Kay—. Siguientes pasos. Amanda, me pregunto si podríamos aprovechar su experiencia y averiguar si Damien usó su tarjeta de cajero automático en algún lugar durante las veinticuatro horas previas a su muerte. Quiero esperar hasta que tengamos los resultados de la prueba de ADN que Lucas está realizando con la muestra que nos dio John Brancourt antes de volver con los padres con las noticias, así que usemos este tiempo para rastrear los últimos movimientos de Damien localmente. Está bastante claro que nunca llegó a Heathrow, así que en algún momento después de cenar en casa de sus padres esa noche y que John lo dejara en la estación de Maidstone East, Damien fue al Edificio Petersham, donde posteriormente murió.

—Lo haré —dijo Amanda—. También retrocederé una semana en la línea de tiempo, para poder tener una idea de sus movimientos en los días previos a su muerte.

Barnes sacó su cuaderno. —¿Qué hay de Mark Sutton?

—Déjalo por un momento. Quiero averiguar qué le pasó a Damien antes de hablar con él de nuevo. No me apetece entrevistarlo cuando solo tengo la mitad de la información que necesitamos.

Barnes asintió, luego bajó la cabeza y actualizó sus notas.

Kay se volvió hacia los agentes uniformados que componían más de la mitad de su equipo de investigación. —Nos reuniremos de nuevo en seis horas. Quiero un panorama completo de dónde estuvo Damien Brancourt el día que supuestamente partió hacia el aeropuerto. Trabajad todos los ángulos posibles, hablad con vuestros colegas que patrullan el centro de la ciudad regularmente y conseguid acceso a las grabaciones de las cámaras de seguridad locales. Alguien ahí fuera sabe qué le sucedió.

La sala de reuniones se llenó con el sonido de sillas arrastrándose sobre la alfombra mientras el equipo se dispersaba, y Kay exhaló.

En algún momento, tendría que hablar de nuevo con los padres de Damien Brancourt, pero hasta que tuviera evidencia concluyente de que efectivamente era su hijo quien había sido descubierto en la cavidad del techo del Edificio Petersham, tenía que esperar los hallazgos de Lucas Anderson para respaldar su convicción.

Sin importar cuánto tiempo tomara.

KAY TOMÓ la bandeja de cartón del asistente detrás del mostrador de la cafetería y se abrió paso con el codo por la puerta, una ráfaga helada de viento del río subiendo por Earl Street la hizo jadear.

Equilibró los dos vasos de café para llevar en una mano y metió la otra en el bolsillo de su abrigo de lana, deseando haber recordado usar la bufanda que actualmente estaba doblada en el cajón de su escritorio.

Aumentando el paso, llegó al final de la calle y giró a la izquierda hacia el Bishop's Palace.

Mientras el equipo se turnaba para salir corriendo y encontrar algo para comer al mediodía, Barnes se había acercado sigilosamente a su escritorio y le había preguntado si se reuniría con él en su lugar habitual para charlar.

Ella había accedido de inmediato, notando la reticencia de su colega y consciente del consejo que le había dado a su equipo de tomar aire fresco.

Simplemente no había contado con que ese aire fuera tan fresco.

Un escalofrío la sacudió mientras esperaba en el

cruce peatonal a que la luz del semáforo opuesto parpadeara en verde y luego se apresuró a cruzar, echando un vistazo al congestionado tráfico que serpenteaba entre College Road y Fairmeadow.

Encontró a Barnes en el banco detrás del Bishop's Palace, encogido en su grueso abrigo mientras miraba fijamente al río como si tuviera la única responsabilidad de la ola de frío que azotaba la ciudad del condado.

—Aquí tienes. Dos de azúcar.

—Gracias.

Se deslizó por el banco para hacerle espacio, envolviendo sus dedos alrededor del vaso de café para llevar.

Después de unos minutos de silencio mientras observaban cómo un barco turístico se soltaba de sus amarras antes de que su piloto lo dirigiera río abajo, Kay se volvió hacia su colega.

—Muy bien. ¿Qué pasa? Normalmente no estás tan callado.

Una mueca se dibujó en la comisura de su boca. —Aprovéchalo mientras puedas.

Kay permaneció en silencio, esperando a que él ordenara sus pensamientos.

Finalmente, Barnes habló. —Me preocupa no tener el apoyo del equipo, Kay.

—¿Qué?

—Me refiero a cuando tú no estás. Me pregunto si confían en mí como confían en ti. —Su voz se quebró, y apartó la mirada de ella—. Me pregunto si me respetan, y luego me preocupo de que no lo hagan, y que eso afecte esta investigación… y otras.

Kay se reclinó en el banco, atónita. —Barnes, te puedo asegurar que todos en esa sala de reuniones te respaldan. Yo también, y Sharp. Justo la semana pasada me estaba diciendo lo complacido que estaba de que asumieras el papel de oficial. No puedo imaginarme trabajando con nadie más.

—Es solo que… estoy empezando a cuestionar mis propias capacidades, ¿sabes? Olvidé cuánto tenías que malabarear en este papel. Tengo miedo de decepcionarte, Kay.

Ella resopló, luego se levantó del asiento, se sacudió la parte trasera del abrigo y lanzó el vaso de café vacío al bote de basura cercano antes de volverse hacia Barnes.

—Nunca me has decepcionado, Ian, y no creo que vayas a empezar ahora. Sé que asumir este papel fue una gran decisión para ti, pero créeme, no hay nadie más a quien quisiera tener a mi lado. Eres como el pegamento de este equipo.

Barnes bajó la mirada. —Gracias.

—Vas a tener días como este en los que cuestionarás cada decisión que tomes, y te preguntarás si estás fuera de tu elemento, pero es entonces cuando miras a tu alrededor. Ves quién en el equipo tiene las habilidades y fortalezas que sientes que necesitas, y delegas. —Sonrió—. Y *es* un trabajo condenadamente duro, malabarear todo eso.

Él exhaló, luego se enderezó. —Gracias. A veces te observo, y haces que parezca tan fácil que olvido por lo que has pasado para llegar a donde estás.

—No podría hacerlo sin ti. —Se inclinó y le dio un golpe de broma en el hombro—. Vamos. De vuelta a la silla de montar.

Barnes se puso de pie, sacudiéndose la parte trasera de su abrigo de lana y dejó caer su vaso de café para llevar en el bote de basura junto al banco antes de seguirla por el camino sinuoso al lado del Bishop's Palace.

Kay sonrió mientras él se apresuraba para alcanzarla y luego caminaba a su lado.

—Bueno, parece que esa charla motivacional te ha dado un impulso en tu paso.

—No lo tomes a mal, jefa. No es por tu estilo de gestión. No puedo esperar para volver adentro, hace un frío de los mil demonios aquí fuera.

CAPÍTULO 30

—Tenemos a Damien Brancourt en las cámaras de vigilancia la tarde que supuestamente iba a viajar a Nepal —dijo Gavin.

Kay dejó caer su abrigo sobre el respaldo de su silla y se apresuró hacia donde él estaba sentado con dos agentes uniformados, con los ojos fijos en las pantallas de los ordenadores frente a ellos.

—Y tenemos un patrón de uso de cajeros automáticos —dijo Amanda. Cruzó la habitación y le entregó un montón de documentos a Kay, dándole una copia a Gavin—. Cantidades pequeñas, veinte libras la mayoría de las veces, pero luego doscientas libras la mañana de su muerte.

—¿Dinero para gastar en vacaciones? —dijo Kay.

Pasó la página, recorriendo con la mirada la lista de transacciones.

—Eso es lo que pienso —dijo Amanda—. Pero esa última transacción se realizó a las diez y treinta y dos de la mañana.

—Y el Edificio Petersham estaba lleno de contratistas entonces, así que debe haber vuelto allí por la noche.

—Eso es lo que estamos mirando aquí, jefa —dijo Gavin.

Uno de los agentes uniformados se levantó de un salto de su asiento y le hizo un gesto a Kay para que ocupara su lugar.

—Gracias —dijo ella—. Veamos, entonces.

El agente a su lado operó los controles y presionó el botón de "pausa" cuando una figura sombría apareció en la pantalla.

—Este es el cajero automático en la esquina donde Rose Yard desemboca en la calle principal. Es el que usó esa mañana. Esta vez pasa de largo.

—Y no lleva equipaje. Un poco extraño para alguien que supuestamente va a tomar un vuelo esa noche —dijo Kay.

—Parece bastante contento —dijo Barnes—. No como si estuviera a punto de huir a medianoche o escapando de algo o alguien.

—Lo perdemos aquí cuando gira hacia Wyke Manor Road —dijo el agente.

—¿No hay cobertura de cámaras de vigilancia en esa calle?

—No en ese entonces, pero dado que el ayuntamiento se había centrado en las obras de remodelación, reemplazarla podría haber estado al final de su lista de "cosas por hacer" —dijo Gavin—. Lo comprobé esta mañana con ellos: la cámara estaba funcionando a finales de julio.

—Y tal vez ninguna de las empresas de desarrollo contratadas por el ayuntamiento estaba preocupada, dado que muchas de ellas tenían sus propias medidas de seguridad —dijo Barnes. Se inclinó sobre el hombro de Kay y tocó la pantalla—. Damien podría haber cortado por detrás de estos edificios desde esta calle y llegado al Edificio Petersham de esa manera. Si vamos a hablar con Mark Sutton de nuevo, podemos plantearle que Damien Brancourt ha sido visto en las proximidades del área que estaba contratado para asegurar y ver cuál es su reacción.

Kay empujó la silla hacia atrás y agradeció a los dos agentes antes de guiar a Barnes y Gavin hacia la pizarra. Miró las fotografías que se habían recopilado desde el inicio de la investigación y resistió el impulso de suspirar.

En su lugar, hizo un gesto a Carys para que se uniera a ellos. —Bien, Julie Rowe cree que escuchó a Damien amenazando a uno de los hombres de Sutton en la protesta y se produjo un altercado, lo que resultó en el arresto de Damien. El empleado de Sutton no presentó cargos, así que posteriormente lo dejaron ir con una advertencia. Unos meses después, Damien está a horas de salir del país para un viaje planeado a Nepal, pero decide volver a Maidstone esa noche. ¿Vieron la marca de tiempo en las imágenes de la cámara? Es después de que Annabelle Brancourt dijo que habían cenado juntos, y John ya lo había llevado a la estación de tren para entonces. Entonces, ¿dónde diablos está la maleta de Damien, o una bolsa?

Tres rostros perplejos la miraron fijamente.

—John nunca mencionó que Damien hiciera un desvío al centro de la ciudad cuando hablamos con él —dijo Barnes después de un momento.

—Tal vez porque no sabía nada de eso —dijo Carys—. Si Damien le pidió que lo dejara mientras hacía un recado o algo así, tal vez no parecería fuera de lo común para su padre.

Kay se pasó una mano por el pelo mientras miraba la fotografía de Damien. —¿Qué demonios estabas haciendo?

Un teléfono sonó en un escritorio en el rincón más

alejado de la habitación, y pasaron unos segundos antes de que se diera cuenta de que era su móvil, tal era su frustración ante la falta de información que miraba fijamente.

—¿Jefa? —dijo Carys—. ¿Teléfono?

—¡Demonios, que alguien conteste eso!

Kay corrió entre los escritorios mientras Philip Parker sostenía su teléfono en alto.

—Es Lucas Anderson, jefa.

—Gracias. —Kay tomó el teléfono y lo puso en altavoz mientras los otros detectives se unían a ella—. ¿Qué tienes para nosotros, Lucas?

—Tenemos una coincidencia —dijo el patólogo—. El ADN de John Brancourt dio positivo. El cuerpo que estaba en el techo es Damien Brancourt, sin lugar a dudas.

CAPÍTULO 31

Barnes presionó el timbre y luego dio un paso atrás, mirando hacia la gran ventana con marco de hierro forjado sobre el pórtico de la casa de los Brancourt.

—Estas visitas domiciliarias no se hacen más fáciles —murmuró—. Especialmente cuando ya lo hemos hecho una vez.

Kay no respondió, sus pensamientos similares a las palabras de su colega.

Se dio la vuelta y paseó la mirada por el ornamentado jardín delantero, las plantas marchitas por el aire frío. Más allá de un baño para pájaros cubierto de musgo, un mirlo macho picoteaba el césped en busca de alguna forma de sustento.

Lucas había terminado su llamada una hora antes con la noticia de que la electrocución de Damien

Brancourt no indicaba que hubiera sido torturado, para alivio de todo el equipo.

Aun así, esto no eliminaba a Mark Sutton de sus investigaciones, y Kay había reiterado su advertencia a sus colegas de que no se acercaran solos al hombre.

Su atención volvió a la casa cuando un cerrojo se descorrió un segundo antes de que se abriera la puerta.

Annabelle Brancourt frunció el ceño al verlos. —¿Ustedes otra vez?

—¿Podemos hablar un momento, por favor? —dijo Barnes—. ¿Está su marido en casa?

La mujer se hizo a un lado y les indicó que entraran. —Está en la cocina. Pasen, ya saben dónde está.

Kay lideró el camino por el pasillo, su mirada fija en el suelo en lugar de en el lujoso entorno esta vez. Sabía que los Brancourt nunca se recuperarían de la noticia que estaba a punto de compartir con ellos, y la casa ya no se sentiría como un hogar.

Una tristeza la invadió, tomándola por sorpresa. Se mordió el labio para reprimir la emoción y empujó la puerta de la cocina, un aroma a ajo y hierbas la envolvió.

John Brancourt se giró desde el fregadero, con un paño de cocina y una copa de vino en la mano. —

¿Ocurre algo, detective Hunter? Estábamos a punto de cenar.

Kay esperó hasta que Annabelle siguió a Barnes y luego se acercó a la mesa, observando los dos lugares puestos y la botella de Merlot que parecía haber sido abierta momentos antes. —¿Esperan a alguien más?

—No, solo somos nosotros esta noche. Christopher y Bethany (los gemelos) están fuera — dijo Annabelle.

—¿Ah sí? ¿Qué edad tienen? —dijo Kay.

—Dieciséis —dijo Annabelle—. Miren, se supone que debo servir en quince minutos. ¿Qué es lo que quieren?

Barnes dirigió su atención a John. —Cuando hablamos con usted por primera vez, declaró que llevó a su hijo a la estación de tren para que pudiera viajar a Heathrow y tomar su vuelo a Nepal el pasado junio. ¿Hay algo más que le gustaría añadir a eso?

John bajó la mirada antes de dejar la copa de vino en la encimera y se sentó a la mesa, retorciendo el paño de cocina entre sus dedos. —Tenía la intención de llevar a Damien a la estación de tren, pero cuando nos acercamos a la ciudad, me pidió que lo dejara cerca en lugar de en la propia estación. Dijo que había quedado con un amigo y que iban a viajar juntos al aeropuerto.

Kay sacó una silla frente a él y se inclinó hacia adelante, su interés despertado. —¿Dónde lo dejó?

—En una parada de autobús en Sittingbourne Road, cerca del pub en la rotonda.

—¿Por qué no me lo dijiste? —Annabelle miró fijamente a su marido—. Dijiste que lo llevaste a la estación de tren. Dijiste que no hubo ningún problema.

—No hubo ningún problema. —John suspiró y levantó las manos—. Mira, lo siento. Pero estaba tan emocionado por el viaje, y luego cuando me habló de este amigo con el que quería encontrarse, pude ver que yo iba a estar de más. Al parecer, iban a tomar un par de copas y luego caminar hacia la ciudad para coger el tren.

—¿Le dijo el nombre de su amigo? —preguntó Barnes.

—No. Tampoco lo pregunté. No vi nada malo en ello.

Kay suspiró y se volvió hacia Annabelle. —¿Le gustaría sentarse?

—Estoy bien aquí. —La mujer cruzó los brazos sobre el pecho.

—De acuerdo. Miren, lamento tener que ser portadora de estas noticias. Recibimos una llamada de nuestro patólogo hace aproximadamente una hora.

Los resultados del ADN dieron positivo. Hemos verificado todo, incluso con el Consulado Británico en Katmandú. Lo siento mucho, Annabelle, John. Se ha confirmado que el cuerpo descubierto en el Edificio Petersham es el de Damien. Nunca tomó su vuelo a Nepal.

—¿Qué? No. —El labio inferior de la mujer tembló, y luego dio un paso atrás mientras un gemido emanaba de ella, la agonía de la noticia clara en sus ojos llenos de lágrimas. Jadeó como si le costara respirar.

John Brancourt se desplomó en la silla, con la cabeza entre las manos. —¿Qué hacemos ahora? Damien...

Kay se apartó de su asiento y cruzó la cocina hasta donde una jarra de agua filtrada estaba junto a una tetera y llenó dos vasos, volviendo a la mesa para pasar uno a John antes de llevar el otro a Annabelle.

—Tome —dijo—. Pequeños sorbos.

Se quedó junto a ella, observándola cuidadosamente mientras luchaba por controlar su respiración.

Finalmente, Annabelle le devolvió el vaso después de un sorbo y lo apartó con un gesto de la mano. —Ya he tenido suficiente.

Kay tomó el agua. —Siéntese. Por favor.

Esperó hasta que Annabelle se unió a su marido en la mesa, notando que no se sentó junto a él sino que eligió posarse en la esquina del asiento de la ventana.

—Hemos analizado las imágenes de videovigilancia de todas las estaciones de tren de Londres y las terminales de Heathrow —dijo Barnes—. Damien no aparece en ninguna de ellas, así que basándonos en lo que nos ha contado, John, ampliaremos la búsqueda para incluir las cámaras a lo largo de Sittingbourne Road también, para ver si podemos rastrear los movimientos de Damien y averiguar quién era este amigo suyo.

—No entiendo por qué se quedó por ahí —dijo John—. ¿Por qué no fue a Heathrow? ¿Por qué no me llamó? Tenía el móvil en manos libres. Podría haber dado la vuelta e ir a buscarlo si estaba preocupado por algo.

El corazón de Kay se encogió al oír la angustia en la voz de Brancourt.

—Aún no lo sabemos, pero tiene mi palabra de que encontraremos las respuestas —dijo ella.

CAPÍTULO 32

A la mañana siguiente, Kay se enfrentó a sus colegas para ponerlos al día sobre la entrevista que ella y Barnes habían realizado a los padres de Damien Brancourt.

—Gavin, ¿puedes echar un vistazo a las cámaras de videovigilancia a lo largo de Sittingbourne Road y sus alrededores? Necesitamos encontrar a este supuesto "amigo" con el que Damien se iba a encontrar, y averiguar quién es y qué sabe sobre su muerte. Haz de eso tu prioridad esta mañana.

—Lo haré, jefa.

—Carys, mientras él hace eso, ponte en contacto con los agentes uniformados y pide ayuda para entrevistar a los propietarios y personal de cualquier pub en un radio de una milla del punto donde dejaron a Damien. De nuevo, necesitamos obtener esa información lo más rápido posible, así que haz lo que puedas para agilizarlo.

—Sí, jefa.

Kay recorrió con la mirada el informe HOLMES que Debbie había imprimido para ella, revisando las tareas que la base de datos había asignado y delegándolas a su equipo. Finalmente, cuando se dio la última orden, cogió un fajo de papeles y lo levantó.

—Estos son los hallazgos iniciales de Amanda sobre Sutton Security Services. Se ha guardado en HOLMES, así que echadle un vistazo cuando volváis a vuestros escritorios. Amanda, ¿puede proporcionar un resumen para todos?

La investigadora financiera se echó hacia atrás en su silla y se unió a Kay en la parte delantera de la sala. —Por lo que hemos podido extraer de ELMER, parece que en la superficie Mark Sutton está llevando un negocio sólido. No hay ninguna de las señales obvias que buscamos: grandes depósitos o créditos inexplicables en las cuentas del negocio, ninguna auditoría fiscal realizada a la empresa en los ocho años que lleva operando.

Barnes se inclinó apoyando los codos en las rodillas y emitió un fuerte suspiro. —Entonces, ¿no tenemos nada contra él? ¿Es eso lo que está diciendo?

Amanda sonrió. —No, todo lo contrario. Simplemente tuvimos que profundizar un poco más en el sistema. Detective Hunter, ¿puedo usar el proyector un momento?

—Por supuesto. —Kay hizo una señal a Parker y se hizo a un lado mientras él arrastraba una pequeña mesa por la alfombra y luego colocaba el proyector encima, apuntando a la pared en blanco sobre un archivador—. Gracias.

Después de iniciar sesión, Amanda ejecutó una serie de comandos antes de que apareciera una fotografía que mostraba un negocio de lavado de coches.

—Conozco ese lugar —dijo Gavin.

—Exacto, y hay varios por la zona, pero este es uno al que le hemos estado echando el ojo, debido al hecho de que la mayoría del personal cobra en efectivo. El problema con estos lavaderos de coches al borde de la carretera es que son populares entre las bandas de tráfico de personas en todo el país —dijo Amanda. Se acercó a la imagen y señaló con el dedo a una figura que acechaba en el fondo, con el rostro en sombras—. Este es Barry Esher, un estrecho colaborador de Mark Sutton. El señor Esher es una persona de interés para mi equipo porque anteriormente cumplió condena a gusto de Su Majestad por fraude y extorsión.

—¿Cuándo salió de prisión? —dijo Kay, con su interés despertado.

—Hace un par de años. Desde entonces, y de manera similar a Gary Hudson, ha actuado como ejecutor para Mark Sutton. A Sutton no le gusta ensuciarse las manos, eso es evidente.

—¿Cómo nos ayuda esto? —dijo Carys—. Ninguna de las personas con las que hemos hablado sobre Damien Brancourt ha mencionado que alguna vez se acercara a este lugar.

—Porque Barry Esher también es conocido como Adrian Sutton. Es el primo de Mark Sutton. —En medio del silencio atónito que llenó la sala de incidentes, Amanda sacó una página de su archivo, entregándosela a Kay—. Cambió su nombre legalmente hace doce años después de un altercado en Bromley que dejó a un hombre muerto. Adrian se salió con la suya, pero desapareció durante unos años. Cuando regresó con su nuevo nombre, parecía que no había aprendido la lección porque golpeó tan brutalmente a un cliente de un pub en Chatham que el hombre perdió un riñón. También cumplió condena por eso. Además, Adrian Sutton firmó el registro de seguridad para entrar al Edificio Petersham el día que supuestamente Damien Brancourt volaba a Nepal. Garabateó su firma en la página por lo que es difícil de reconocer, pero la he visto antes. Es él.

Barnes emitió un silbido bajo.

—Joder, Amanda. Buen trabajo.

—Secundo eso —dijo Kay, sin poder ocultar el asombro en su voz mientras ojeaba el informe—. Gracias.

Esperó hasta que Amanda volviera a tomar asiento, y luego se dirigió a la pizarra, rotulador en mano.

—Bien, siguientes pasos. Quiero que traigáis a Barry Esher, también conocido como Adrian Sutton, y a Gary Hudson para interrogarlos lo antes posible. Los estamos tratando como sospechosos, así que actuad en consecuencia. Gavin, ¿puedes coordinar con los uniformados para organizarlo?

—Sí, jefa.

—Siguiente, Carys: ¿puedes llevar a Debbie y Hughes contigo y entrevistar a los trabajadores del lavadero de coches esta mañana? Me doy cuenta de que quizás no obtengas mucho de ellos si efectivamente están aquí ilegalmente, pero haz lo mejor que puedas.

» Por último, Ian y Amanda: quiero que hoy mismo se emitan órdenes judiciales para incautar los registros y ordenadores de Sutton Site Security para un examen forense inmediato. En particular, buscamos evidencia sobre cómo estaban sacando el equipo robado del patio de John Brancourt y cualquier otra extorsión que pudiera haber resultado en la muerte de Damien.

El sargento Hughes levantó la mano.

—¿Quieres que organice un equipo para ir a las instalaciones cuando tengas esas órdenes, jefa?

—Por favor —dijo Kay. Levantó el informe—. Alguien en el negocio de Mark Sutton sabe lo que está pasando, y apuesto a que si presionamos lo suficiente, encontraremos las respuestas. Pongámonos en marcha.

CAPÍTULO 33

Seis horas después, Kay siguió a Carys hasta la mesa donde Gary Hudson estaba sentado junto a su abogado.

Había perdido parte de la arrogancia que tenía la última vez que lo vio, apareciendo un profundo surco entre sus cejas al ver el grueso archivo que Carys colocó frente a Kay antes de abrir su cuaderno y alcanzar el equipo de grabación.

Kay escuchó mientras su colega leía la advertencia formal y luego saboreó el silencio que siguió.

Hudson se removió en su asiento, luego tomó aire.

—¿Tal vez podría explicarle a mi cliente por qué está aquí? —dijo el abogado—. Es un hombre ocupado, inspectora Hunter, y su tiempo es valioso.

Ya ha hablado con usted para ayudar con sus investigaciones y no tiene más información que ofrecer.

Kay abrió el archivo y luego deslizó una fotografía de Adrian Sutton. —¿Cuándo empezó este hombre a trabajar para Sutton Site Security?

Hudson parpadeó.

—¿Barry? Hace unos dos años.

—¿Cuál es su apellido?

—Esher.

—¿De dónde es?

—No tengo idea.

—¿Lo llama por algún otro nombre?

—No.

—¿Mark Sutton lo llama por algún otro nombre?

Hudson se encogió de hombros.

—No creo.

—¿En serio? —Kay le sonrió a Hudson y luego sacó un certificado fotocopiado del archivo y lo colocó sobre la mesa junto a la fotografía—. Mire, sabemos que Barry Esher nació como Adrian Sutton. Es el primo de Mark, ¿no es así?

La mandíbula de Hudson se tensó, pero permaneció en silencio.

—¿Sabía usted que Barry Esher estaba emparentado con Mark Sutton? —dijo Carys.

—Puede que lo haya mencionado.

—Tiene una reputación terrible, ¿no es así?

—¿A qué se refiere?

Carys pasó las páginas de su cuaderno hasta llegar a una diferente.

—Lesiones corporales, intimidación... ¿es realmente el tipo de persona que querría trabajando para una empresa de seguridad respetable?

—No me corresponde a mí decirlo.

—¿De quién fue la idea de contratarlo?

—De Mark, supongo. No lo sé. Simplemente apareció un día y Mark dijo que podía ayudar con un trabajo que teníamos en ese momento.

—¿Dónde fue eso?

—Joder, no lo sé, fue hace dos años. Tendría que preguntarle a Mark. Probablemente lo tenga anotado en algún lado.

—Lo haremos —dijo Kay—. ¿Quién tiene la decisión final sobre los nuevos empleados?

—Mark, por supuesto. Él es el jefe.

—¿Trabajó Barry en el proyecto del Edificio Petersham durante el verano?

—No creo que lo hiciera, no. Estaba gestionando un trabajo en algún lugar de Thanet.

Kay empujó un documento diferente hacia él. —Entonces explíqueme por qué se registró en el

Edificio Petersham el veintisiete de junio, el día que Damien Brancourt desapareció.

Hudson se inclinó para examinar la página con la mirada, pero mantuvo las manos en los bolsillos. Finalmente, levantó la vista. —No lo sé.

—¿Pero no estaba usted gestionando ese sitio?

—Eso no significa que estuviera allí todo el tiempo. Para eso tenemos personal. —Una sonrisa engreída le cruzó el rostro.

—Entonces, ¿me está diciendo que nunca vio a Adrian Sutton, Barry Esher, en el Edificio Petersham ese día?

—Así es.

El corazón de Kay dio un vuelco, pero mantuvo su rostro impasible mientras sacaba una fotografía de la carpeta y la colocaba frente a él.

—Entonces quizás pueda explicar por qué tenemos esta imagen de videovigilancia de usted y Adrian junto al monumento de la Reina Victoria en High Street a las tres y media de esa tarde.

La nuez de Adán de Hudson se movió mientras una expresión de pánico cruzaba su rostro.

Su abogado le puso una mano en el brazo.

—Me gustaría un momento con mi cliente, por favor, detective Hunter.

—Me lo imaginaba.

Kay metió los documentos y la fotografía en la carpeta, terminó la grabación de la entrevista y siguió a Carys fuera de la sala.

—¿Qué piensas? —dijo Carys después de cerrar la puerta y avanzar por el pasillo alejándose de la sala de interrogatorios.

—Va a intentar distanciarse de lo que sea que estuvieran tramando los Sutton —dijo Kay—. Hudson ya ha cumplido condena, y no va a querer volver a prisión pronto.

—Quizás sabe que ellos mataron a Damien.

—Quizás. —Kay se giró cuando el abogado apareció en el pasillo y le hizo un gesto—. Bien, vamos a averiguarlo.

Esperó hasta que Carys reiniciara la grabación y recitara la fecha y hora, y luego cruzó las manos sobre la mesa. —Muy bien, Gary. ¿Qué quiere decirnos?

—Mark Sutton me dijo que me reuniera con Barry, Adrian, en Maidstone esa tarde. Todo lo que hice fue pasarle un teléfono móvil y decirle que esperara una llamada de Mark más tarde ese día.

—¿Era este teléfono móvil diferente al teléfono habitual de Adrian?

—Sí.

—¿Por qué haría Mark eso?

—No lo sé. Lo juro, no lo sé. Le di el teléfono,

luego volví en coche a la oficina. Eso es todo. Eso es todo lo que hice.

—¿Vio a Adrian entrar en el Edificio Petersham?

—No.

—¿En qué dirección se fue cuando se separaron?

—No lo sé. Me hizo ir primero. Dijo que no necesitaba que me quedara por ahí.

—¿Miró hacia atrás?

—No. Sé cuándo seguir órdenes. —Se enderezó—. Mark dirige una empresa muy estricta, ¿de acuerdo? Puede que haya sido un poco gamberro en su juventud, pero sabe lo que hace. Tiene buena gente trabajando para él.

Kay tamborileó con los dedos sobre el escritorio y frunció el ceño. —Entonces, ¿por qué contrataría Mark a Adrian sabiendo que tenía antecedentes por lesiones corporales?

Hudson extendió las manos. —Todo el mundo merece una segunda oportunidad, detective Hunter.

CAPÍTULO 34

El hombre que se sentaba frente a Kay y Carys en la sala de interrogatorios cuatro tenía el aspecto y la presencia de alguien que había cumplido condena y saboreaba la reputación.

Adrian Sutton no tenía nada del aspecto o el encanto que poseía su primo. Su nariz había sido rota en varios lugares a lo largo de los años, y confirmó su nombre con una voz cargada de odio.

Kay levantó la tapa del expediente frente a ella.

—Vaya, vaya, ha estado ocupado, ¿no es así?

Su mandíbula se tensó. —No he infringido la ley.

—Las imágenes de videovigilancia de High Street de Maidstone lo muestran reuniéndose con Gary Hudson y recibiendo un teléfono móvil de él —dijo Kay y giró la fotografía para mostrársela—. ¿Por qué?

—Estaba averiado y necesitaba ser reparado.

—¿Está diciendo que él no podía arreglar eso por sí mismo?

—Yo estoy a cargo de cosas como esa.

—Entonces, ¿por qué reunirse en medio de Maidstone? ¿Por qué Mark le diría que hiciera eso?

—No lo sé. Tendrá que preguntarle a Mark. Él es el jefe.

—¿Amenazó a John Brancourt para conseguir el trabajo en el Edificio Petersham? —dijo Kay.

—¿Qué?

—Ya me ha oído.

—No diga tonterías. Eso es ilegal, y ya se lo he dicho: no he quebrantado la ley.

—Pero lo ha hecho en el pasado, ¿no es así? Antes de trabajar para Sutton Site Security. ¿Qué trabajo es el que hace para su primo?

Adrian respondió con una mueca de desprecio, pero se mantuvo en silencio.

Carys sonrió y levantó el registro de antecedentes. —Estos solo valen lo que vale el papel en el que están escritos, Adrian. Su nombre original aún aparece en los registros. Puede decirle a la gente que le llame Barry Esher, pero eso es todo lo que conseguirá. No es como si pudiera cambiar sus huellas dactilares tan fácilmente, ¿verdad?

Entonces, ¿en qué consiste su papel en Sutton Site Security?

—No mucho.

—¿En serio? Bueno, para alguien que no hace mucho, le están pagando bien, ¿no? —Kay sacó un fajo de extractos bancarios de la carpeta y los mostró —. Me imagino que estos no muestran todo lo que Mark le está pagando. Solo lo suficiente para que todo parezca legítimo, ¿verdad? ¿El resto es en efectivo?

Empujó la hoja de registro de seguridad a través de la mesa. —¿Por qué fue al Edificio Petersham después de reunirse con Gary Hudson?

—No me acuerdo. Fue hace tiempo. Probablemente fui a comprobar el progreso.

—¿Por qué?

—Mark quería saber cómo iba el cronograma. Tenía algunas ofertas preparadas para nuevos trabajos.

—¿Por qué no podía comprobarlo él mismo? Asistía a las reuniones del proyecto, ¿no?

—La mayoría de las veces.

—Entonces, ¿por qué lo envió a usted?

Miró a Kay con una malicia indisimulada. —Es un hombre ocupado, detective. ¿Qué sentido tiene emplear a alguien y luego hacer el trabajo uno mismo?

—¿Con quién se reunió?

—Con un montón de gente, diferentes contratistas.

—¿Y de qué hablaron?

Parpadeó. —No recuerdo exactamente. De cómo iban las cosas, si el proyecto iba a terminar a tiempo, cosas así.

—¿Se reunió con John Brancourt mientras estaba allí?

—Nunca vi al tipo.

—¿Qué hay de su hijo, Damien?

—¿Eh?

—Damien Brancourt. ¿Se reunió con él en el Edificio Petersham ese día?

—No.

Kay levantó una fotografía tomada en la escena del crimen por uno de los miembros del equipo de Harriet, y el abogado de Adrian retrocedió con los ojos abiertos.

—¿Por qué mató a Damien Brancourt?

El abogado se recuperó de su conmoción y golpeó con la mano su cuaderno. —Detective, eso es…

—Yo no maté a Damien Brancourt —dijo Adrian

—. Nunca lo vi en el Edificio Petersham. La única vez que lo vi fue cuando acompañó a su padre para entregar las llaves del lugar cuando ganamos el contrato.

—¿Ganaron el contrato? Amenazaron a John Brancourt y retiraron equipos de sus instalaciones para chantajearlo hasta que adjudicara el trabajo a Sutton Site Security.

—No sé nada de eso. Tendría que hablar con Mark.

—¿Cómo robó el equipo de John Brancourt de su patio?

—Yo no lo hice.

Kay se volvió hacia Carys. —Muéstrale al Sr. Sutton las fotografías que hcmos obtenido.

La agente de policía sacó de una carpeta un conjunto de imágenes de videovigilancia que Gavin le había entregado momentos antes de entrar en la sala de interrogatorios. —Se hicieron retiros de efectivo de varios cajeros automáticos alrededor de la ciudad la mañana antes de que se robara cada máquina —dijo —. Y tenemos equipo de carga en cámara aquí a las dos y cuarenta y cinco de la madrugada en la carretera fuera del patio de Brancourt.

—Puede que John Brancourt esté demasiado

asustado para denunciarlos a usted y a su primo —dijo Kay—. Pero eso no nos impide investigar el robo.

—No fui yo.

—Pero sabe quién fue el responsable, ¿verdad?

CAPÍTULO 35

Kay observó a Mark Sutton mientras Barnes leía la advertencia formal de la entrevista, notando que los ojos hundidos del hombre parecían más aburridos que preocupados por el giro de los acontecimientos.

A su lado, un abogado delgado y bien vestido presionó el bolígrafo contra el papel, con los labios fruncidos mientras tomaba notas para sí mismo.

La mirada de Kay se posó en la tarjeta de visita que el hombre le había entregado al entrar en la sala de interrogatorios.

Andrew Faircroft.

No era local, eso seguro. El número de teléfono grabado bajo su nombre mostraba un área de las afueras de Londres.

Se preguntó fugazmente qué hacía un contratista

de seguridad de Kent con un representante legal con sede en Londres, luego se centró nuevamente en la entrevista en cuestión y abrió la carpeta frente a ella mientras Barnes terminaba de hablar.

—¿Cuántos empleados tiene trabajando para usted, señor Sutton? —dijo.

—No lo recuerdo de memoria —dijo Sutton, con una sonrisa astuta en la comisura de la boca.

—Inténtelo.

Infló las mejillas. —Quizás treinta, cuarenta personas.

—¿A tiempo completo? ¿A tiempo parcial?

—Una docena a tiempo completo. Actúan como gerentes para mí en nuestros diferentes contratos de sitio. El resto va y viene según los necesitemos.

—¿Y cómo paga a esos empleados?

Frunció el ceño. —Mi negocio es completamente legal. Pago mis impuestos.

Ahora era el turno de Kay de sonreír. —Usted paga impuestos por el personal que realmente registra en sus libros, señor Sutton. Sin embargo, hemos hecho que alguien investigue sus hábitos financieros y parece que a su negocio le va mejor de lo que sus ingresos gravables indican. —Tomó dos páginas de la carpeta, colocándolas frente a Sutton y Faircroft. Golpeó con la uña la de la izquierda—. Estos son informes de vigilancia de los dos últimos jueves por la mañana. Es el día de pago de su personal ocasional, ¿no es así? ¿En efectivo, además? Debo decir que hay muchos hombres que llegan a sus oficinas entre las siete y las diez en punto y se van con sobres llenos en las manos. ¿Cómo explica eso?

Sutton apoyó los antebrazos en la mesa. —Mire, esos son pagos legítimos a trabajadores ocasionales.

—Puede que lo sean —dijo Kay, señalando los números mostrados en las páginas frente a él—. Pero no aparecen en sus declaraciones de impuestos, ¿verdad?

No esperó a que respondiera. En su lugar, sacó otro documento de la carpeta y comenzó a hojearlo.

—Nuestro investigador forense me proporcionó este informe esta mañana —dijo—. Es una lectura extremadamente interesante. Incluso Barnes aquí quedó impresionado, ¿no es así?

—Creo que será un éxito de ventas —dijo el oficial. Tomó el informe de Kay y sostuvo la última página frente a Sutton—. Lavado de dinero, Mark. No muy inteligente en estos tiempos.

Las cejas del abogado se dispararon hacia arriba. —Mi cliente…

—Tiene mucho que explicar —dijo Kay—.

Ahora, ¿por qué no empezamos con la muerte de Damien Brancourt?

—¡Yo no tuve nada que ver con eso! —Sutton empujó su silla hacia atrás y señaló a Kay—. No pueden culparme por eso.

—Siéntese —ladró Barnes.

La puerta se abrió de golpe y dos oficiales uniformados irrumpieron, con expresiones alarmadas.

Sutton se hundió en su silla y cruzó los brazos sobre el pecho. —¿Contentos ahora?

Kay asintió a los dos oficiales. —Gracias. Estaremos bien.

—Si no le importa, jefa, estaré fuera de la puerta por si me necesita —dijo el agente más veterano.

Barnes esperó hasta que la puerta se cerró, luego se volvió hacia Sutton. —Muchos de los hombres empleados por usted tienen antecedentes penales, incluido su primo Adrian. ¿Cómo se sentirían sus clientes al saber que ha falsificado las verificaciones de seguridad y ha hecho pasar a estos hombres como personal de seguridad legítimo?

La mandíbula de Sutton se tensó.

—¿Utilizó a esos hombres para robar el equipo de la planta de John Brancourt? —dijo Kay—. Sabemos que pagó en efectivo por el camión para llevárselo.

¿Apuntó deliberadamente a John Brancourt porque quería acercarse a Damien?

—No. Eso no es lo que pasó.

—Entonces, ¿quizás podría ilustrarnos?

—Mire —dijo Sutton, y puso los brazos sobre la mesa—. Yo no me encargo del reclutamiento, ¿de acuerdo? Dejo eso a Adrian. Él conoce gente, el tipo de personas que pueden hacer el tipo de trabajo que necesitamos que hagan. Yo no hago preguntas.

—Debería —dijo Kay—. Como su empleador, la responsabilidad recae en usted. Y Adrian nos dice que usted tiene la última palabra en todo lo relacionado con el negocio. Después de todo, usted es el dueño. ¿Cuándo instruyó a sus hombres para que robaran el equipo?

—No fue robado. Fue tomado prestado.

Barnes se rio, y Kay luchó por mantener una cara seria.

—¿Prestado? —dijo ella—. No me venga con eso. Lo robó para coaccionar a John Brancourt a que le otorgara el contrato. Siguió robando equipos hasta que él cedió.

—No, está equivocada. Debe haberlo olvidado. Me dijo que podíamos tomarlo prestado por unos días, eso es todo.

—¿Dónde está el acuerdo de préstamo, entonces?

El labio superior de Sutton se curvó. —No hubo papeleo. Fue un acuerdo de caballeros. Un apretón de manos. Probablemente se le olvidó con todo lo demás que ha pasado este año.

Kay levantó la vista de sus notas. —¿Qué quiere decir?

—Pregúntele sobre los agentes judiciales. Y los contratistas más pequeños que casi han quebrado porque les debe dinero. Creo que tiene gente persiguiéndolo por dinero a diario. No es de extrañar que se olvide de prestarme equipo hace nueve meses. Creo que tiene cosas más importantes de qué preocuparse en este momento.

—¿Cómo logró Damien entrar al edificio si sus hombres debían estar vigilándolo?

—No lo sé.

—¿Estaba cobrando a Brancourt por servicios que no estaba brindando? ¿Había alguien realmente vigilando el edificio por la noche?

Se encogió de hombros.

—¿Cuáles fueron sus movimientos el veintisiete de junio?

—Estaba atrapado en la oficina. Se suponía que iría al sitio para hacer una revisión del progreso, pero no pude salir, así que envié a Adrian. Le dije que mantuviera los oídos abiertos. Si John Brancourt tenía problemas para pagar a contratistas más pequeños, no quería que intentara evitar pagarme a mí.

—¿De lo contrario habría consecuencias? —dijo Kay—. ¿El tipo de consecuencias que resultaron en la muerte de Damien Brancourt?

—Yo no maté a nadie. Nunca lo haría —dijo Sutton—. No es bueno para los negocios, ¿entiende?

—Hablando de eso —dijo Kay y cerró su archivo —, investigaremos más a fondo su negocio, señor Sutton, puedo asegurárselo. Usted y yo pasaremos bastante tiempo juntos.

CAPÍTULO 36

Kay arrojó el expediente sobre su escritorio, no logró reprimir un bostezo y luego hizo una señal a Carys y Gavin para que se unieran a ella.

Empujó la puerta de la antigua oficina del comisario Sharp y se pasó la mano por el pelo mientras sus ojos se posaban en el cielo oscurecido más allá de la ventana. Se giró cuando Gavin cerró la puerta.

—Mark Sutton puede ser culpable de chantaje, robo y lo que sea que Amanda Miller y su equipo puedan acusarlo desde el punto de vista de la regulación financiera, pero creo que nos está diciendo la verdad sobre Damien Brancourt. No creo que sea responsable de su muerte.

—¿Estás segura, jefa? —dijo Carys—. Quiero decir, tiene gente bastante turbia trabajando para él.

—Ninguno de los cuales tiene prisa por volver a prisión.

—He estado revisando las declaraciones que los uniformados han estado recopilando de otras empresas de construcción que han utilizado Sutton Site Securities —dijo Gavin—, y aunque ninguno de ellos admitirá haber sido chantajeado, sí dicen que una vez que su gente está en el sitio, no hubo problemas. De hecho, los casos de robo en el sitio disminuyeron drásticamente.

—Probablemente debido a la reputación de Sutton —dijo Kay—. Cualquiera que lo conociera a él y a sus hombres probablemente estaba demasiado asustado para robar algo.

—¿Entonces lo dejamos ir? —dijo Carys.

—Por ahora. Creo que hay más en esto de lo que estamos viendo en este momento —dijo Kay—. Quiero que examines más de cerca a los otros contratistas que estaban trabajando en el sitio y que fueron contratados directamente por John Brancourt. Puedes ignorar a cualquiera empleado por Alexander Hill.

Dejó de hablar al escuchar un rasguño en la puerta y la abrió.

Barnes entró apresuradamente, con tres cajas de pizza equilibradas en una mano mientras se desabrochaba el abrigo con la otra.

Kay tomó las cajas de él, le entregó dinero por la comida y luego hizo un gesto a sus colegas para que se sirvieran mientras ella caminaba por la alfombra.

—Come esto antes de que se enfríe, jefa —dijo Gavin.

Suspiró, luego se unió a ellos y se sirvió una gran porción de masa cubierta de pepperoni.

—¿Por qué el enfoque en John Brancourt, jefa? —dijo Carys—. ¿Por qué no Hill?

—Sutton dice que Brancourt debía, y tal vez aún debe, mucho dinero a mucha gente. Contratistas más pequeños, comerciantes, ese tipo de cosas. Si una de esas personas estaba teniendo problemas para sacarle dinero y había intentado los canales oficiales habituales, tal vez tomó el asunto en sus propias manos y usó a Damien como palanca.

—¿Vale la pena hablar con John Brancourt de nuevo? —dijo Barnes.

—Lo haremos, pero aún no. ¿Lograste rastrear los últimos movimientos de Damien?

—No hay señal de él en ninguna imagen de videovigilancia; los ángulos de las cámaras en los edificios cercanos no nos dan suficiente alcance —

dijo Gavin—. Tenemos una imagen del auto de John Brancourt pasando bajo una cámara en el concesionario de vehículos en la A20, pero eso es después de que dejó a Damien; no hay pasajero en el auto. Ninguno de los propietarios de licencias o personal de los pubs en el área de Sittingbourne Road con los que hablaron los uniformados reconoció la foto de Damien tampoco.

—Bueno, él y su amigo deben haber ido a algún lugar después de que John lo dejara —dijo Kay—. ¿Qué hay de las empresas de taxis?

—Nos hemos puesto en contacto con todas las compañías de taxis locales, jefa —dijo Carys—. Dos conductores parecían prometedores, pero ambos resultaron ser falsos positivos: un pasajero era un hombre de negocios en Loose, y el otro era un tipo de Estados Unidos que estaba visitando a su familia en Allington. No hay señales de Damien.

—Maldita sea —dijo Kay—. Esto es ridículo. Alguna de estas personas sabe algo.

—¿Vale la pena entrevistar a su hermano y hermana? —dijo Barnes—. Tal vez les dijo algo sobre adónde iba realmente.

—Podemos intentarlo, pero quiero que se haga en su casa. No voy a traer a dos niños a la comisaría;

sería demasiado traumático para ellos dado lo que le ha pasado a su hermano.

—Tomaré nota para hablar con ellos durante el fin de semana. Llevaré a Debbie conmigo; ella es buena con los adolescentes.

—De acuerdo, gracias. —Hizo una pausa y luego se acercó a una pizarra vacía contra la pared y tomó un rotulador—. Creo que es hora de que organicemos otra rueda de prensa y la usemos para pedir la ayuda del público en rastrear los movimientos de Damien.

—¿Te refieres a hacer una reconstrucción? —dijo Carys.

—Exactamente. ¿Puedes contactar con el equipo de medios por la mañana? No habrá tiempo para organizar nada esta noche. Quiero que se presente al público todo lo que sabemos sobre el último día de Damien, incluida la cena en casa de sus padres. Necesitamos que el público se preocupe por Damien. Era amado por su familia, tuvo algunos problemas con nosotros pero los superó y tenía una carrera prometedora por delante después de obtener su título.

—Kay escribió el alcance de la filmación en la pizarra mientras hablaba—. Quiero mostrar a John llevando a Damien a Maidstone y dejándolo en esa parada de autobús.

Gavin levantó la vista de su cuaderno. —¿Cómo presentamos las circunstancias de su muerte?

Kay tapó el rotulador. —Con cuidado. No lo vuelvas sensacionalista, Gav. Podría ser simplemente un caso de que el presentador haga una intervención frente a la cámara, o puedo hacerlo yo. Apelar al público para que se presente si saben algo que pueda ayudar. Hablaré con la sede por la mañana sobre conseguir algunas personas para atender los teléfonos una vez que se publique el comunicado de prensa y se muestre la reconstrucción en televisión.

Miró hacia arriba al oír un golpe en la puerta y luego sonrió al rostro familiar que se asomó.

—Lo lograste.

—No me perdería la pizza por nada del mundo — dijo Sharp.

Saludó a los otros detectives, se sirvió una porción de pizza y luego levantó su vaso de gaseosa contra los de ellos. —Bien, ¿qué está pasando, entonces?

Kay lo puso al día entre bocados de pizza. —Y hoy, perdimos a nuestro principal sospechoso — concluyó.

—¿No crees que Mark Sutton esté involucrado?

—No de la manera que pensábamos, no. No creo que fuera responsable de la muerte de Damien. Puede que tenga una idea de lo que está pasando, pero se mantiene callado.

—Protegiendo su propio trasero —gruñó Barnes.

—Desafortunadamente, personas como Mark Sutton siempre se cuidarán a sí mismas antes que a nadie más. —La boca de Sharp se torció—. Es por eso que él y los de su clase tienen tanto éxito.

—¿Alguna vez ha tenido un encontronazo con él antes, jefe? —dijo Gavin.

—No, lo que demuestra lo inteligente que ha sido para mantenerse fuera de nuestro radar. No importa lo que pase con esta investigación, quiero que llevemos a cabo una investigación separada sobre su negocio. Es obvio que está dirigiendo una línea corrupta en seguridad, pero necesitamos algo con qué acusarlo.

—Bueno, Amanda Miller tiene mucha evidencia que llevará a la sede el lunes —dijo Kay—. Eso debería hacer que su vida sea incómoda por un tiempo, especialmente cuando lo pase a Hacienda y Aduanas.

—Es un comienzo —dijo Sharp.

—No resuelve quién fue responsable de meter a Damien en esa cavidad, sin embargo —dijo Barnes.

—Dos pasos adelante, uno atrás —dijo Carys.

—Es como la versión de investigación de asesinato del maldito tango —dijo Barnes. Agarró una servilleta y se limpió la barbilla—. Entonces, ¿qué hacemos ahora?

—Espero que alguien se presente con información sobre los movimientos de Damien Brancourt y qué demonios estaba haciendo al volver a Maidstone cuando todos con los que hemos hablado nos han asegurado que se dirigía a Heathrow para tomar ese vuelo a Nepal —dijo Kay—. Y, con suerte, la reconstrucción televisada ayudará a refrescar la memoria de la gente. Alguien ahí fuera debe saber algo.

—¿Y si no lo saben, jefa? —dijo Carys, con voz apenas por encima de un susurro.

—No lo sé —dijo Kay—. Realmente no lo sé.

CAPÍTULO 37

Kay levantó la vista de la pantalla de su ordenador cuando Barnes dejó caer su mochila sobre su silla a la mañana siguiente y se pasó la mano por el pelo empapado.

—Maldita lluvia. Esto me enseñará a salir tarde de casa y terminar teniendo que aparcar en el supermercado.

Ella sonrió y abrió el cajón inferior de su escritorio para lanzarle una toalla limpia. —Usa esa. Me he visto en esa situación antes.

—Gracias.

Se quitó la chaqueta y se secó el pelo mientras caminaba hacia donde ella estaba sentada. —¿Ha llegado algo?

—Nada nuevo que nos ayude. Debbie está

trabajando con Hughes y Parker para recopilar todo lo que sabemos hasta ahora sobre este caso para que podamos hacer una auditoría durante el fin de semana. Y vamos a perder a cuatro miembros del equipo uniformado el lunes. Sharp ha intentado discutir el caso con la dirección, pero no hay suficiente personal debido a los recortes presupuestarios.

—Maldita sea. Es lo último que necesitamos en este momento.

—Lo sé —suspiró ella—. Pero no hay mucho que podamos hacer al respecto.

La puerta se abrió y Carys irrumpió, metiendo un paraguas empapado en una bolsa de plástico.

—Espero que Damien Brancourt aprecie esto —refunfuñó—. Si alguna vez hubo un momento para quedarse en la cama…

Kay se rio. —No me vengas con eso. No te lo perderías por nada del mundo.

Una sonrisa empezó a formarse en la comisura de los labios de Carys. —Cierto. ¿Dónde está Gavin?

—Comprando el desayuno. Pensé que nadie notaría la diferencia en su pelo si lo pillaba la lluvia. Debería volver pronto. Supuse que ambos querríais bocadillos de bacon.

El estómago de Barnes rugió ruidosamente en respuesta. —Eres una leyenda, jefa.

—No puedo concentrarme si tengo hambre, así que créeme, no fue una decisión caritativa.

Como si fuera una señal, apareció Gavin con los brazos cargados de bolsas de papel que procedió a distribuir entre sus colegas antes de sentarse y hundir los dientes en uno de los sándwiches.

Comieron en silencio por un momento, y la mente de Kay divagó hacia los siguientes pasos de la investigación.

Si Damien se había reunido con alguien antes de su vuelo a Nepal y se encontró en peligro, ¿por qué no había intentado llamar a sus padres para hacerles saber que algo iba mal? Ninguno de sus amigos o conocidos que habían sido entrevistados formalmente había dado alguna indicación de que Damien hubiera intentado contactarlos, así que ¿con quién se había reunido?

—Carys, ¿pueden tú y Gavin pasar esta mañana revisando las declaraciones de los testigos que tomamos a principios de semana y contactar a todos con los que hablamos? Pregúntenles específicamente si Damien mencionó si planeaba viajar a Nepal con alguien, ¿de acuerdo?

—¿Por qué no les diría a sus padres con quién iba?

—Tal vez era una nueva novia, o alguien de quien no habrían aprobado, algo así. Mira qué puedes averiguar. John Brancourt dice que no había nadie más en la parada de autobús cuando dejó a su hijo, así que tal vez Damien se encontró con su amigo en otro lugar y luego caminaron hacia un pub.

—Lo haré.

—¿Crees que vamos a encontrar otro cuerpo? —dijo Barnes, con los ojos preocupados—. ¿Crees que quien mató a Damien también mató a su amigo?

—Espero que no —dijo Kay—. Estoy trabajando sobre la base de que él o ella podría saber cómo Damien llegó a esa cavidad del techo. Tenemos que considerar el hecho de que quien se reunió con él también es responsable de encubrir su muerte. Además, el equipo de Harriet no encontró evidencia que sugiriera que alguien más hubiera sido colocado en la cavidad.

—¡Jefa!

Ella estiró el cuello para mirar por encima del monitor de su ordenador a tiempo para ver a Debbie corriendo hacia ella. —¿Qué pasa?

La agente le extendió algunas páginas que había recopilado de la impresora. —Echa un vistazo a esto, jefa. Me topé con esto cuando revisaba algunos informes de periódicos antiguos sobre Hillavon Developments.

Kay frunció el ceño y recorrió el informe con la mirada. —Maldita sea.

—¿Qué es? —dijo Gavin, sentándose en el borde del escritorio de Barnes.

—Alexander Hill, de Hillavon Developments, tenía una participación minoritaria en otra empresa de desarrollo con intereses en Bromley —dijo Debbie—. Hace tres años, un trabajador murió en el sitio por la caída de mampostería, y la empresa fue multada con una cantidad significativa de dinero por prácticas de salud y seguridad deficientes. ¿Y si la muerte de Damien Brancourt fue un accidente, y Alexander Hill lo encubrió en lugar de arriesgarse a ser demandado de nuevo? Es decir, Lucas dijo que fue electrocutado, ¿verdad?

Kay frunció los labios mientras terminaba de leer el artículo de noticias y se lo pasó a Barnes. —Estoy de acuerdo, vale la pena investigarlo. Especialmente dado el hecho de que Hill no devolvió las llamadas de Gavin durante varios días al comienzo de nuestras investigaciones. Tal vez fue Hill con quien Damien se reunió.

—¿Crees que nos estaba evitando a propósito,

entonces? —dijo Carys—. ¿Preparando su versión de los hechos, por así decirlo?

—Podría ser, y podría haber sido un error quitar nuestra atención de él estos últimos días. Barnes, ¿puedes encontrar esa lista de personal asistente que Hughes preparó a partir de los registros de Sutton Site Security? Necesitamos averiguar cuántas veces Hill fue al sitio para verificar el progreso.

—Hill también habría tenido una llave, dado que es el dueño del lugar —dijo Barnes, garabateando en su libreta—. Debbie, ¿puedes contactar a John Brancourt y pedirle una copia de todas las actas de las reuniones si aún no las tenemos? Podría haber una pista entre ellas si había preocupaciones de seguridad en el sitio.

Debbie se dirigió de vuelta a su escritorio, y Kay se giró cuando sonó el teléfono de su escritorio.

—Es Andy Grey de la sede central —dijo una voz —. Pensé que podrías estar allí temprano.

—No soy la única —dijo ella—. Todo el equipo está aquí. ¿Qué estás haciendo?

—Hemos estado trabajando en el teléfono móvil de Damien Brancourt con uno de tus colegas uniformados aquí —dijo el forense digital—. Los registros de llamadas finalmente llegaron de su proveedor, y hay un mensaje de texto antiguo que recuperamos que podría interesarte. Resulta que Damien tenía una reunión programada con Alexander Hill una semana antes de su supuesto vuelo a Nepal.

Kay empujó hacia atrás su silla.

—¿Cómo encontrasteis el mensaje si Damien lo había borrado?

Grey se rio entre dientes.

—Tenemos nuestros métodos. Voy a enviar por correo electrónico lo que tenemos y la pondré en copia a Debbie para que pueda actualizar HOLMES.

—¿Es ese el único mensaje que menciona a Hill?

—Sí. He revisado todo dos veces, y eso es todo lo que he encontrado.

—Eso es genial, gracias.

Kay terminó la llamada y actualizó a su equipo.

—Alexander Hill es ahora una persona de interés significativo. Quiero toda la información que podáis encontrar sobre él para el final del día. Barnes, ven conmigo. Voy a averiguar qué sabe John Brancourt sobre la reunión de su hijo con Hill.

CAPÍTULO 38

John Brancourt abrió la puerta a Kay y Barnes, con expresión cautelosa.

—¿Qué quieren?

—Hablar con usted, por favor, señor Brancourt.

Se hizo a un lado y señaló hacia la cocina.

—Pasen. Annabelle está descansando. Todavía está en estado de shock.

Kay dejó que Barnes se adelantara y luego puso su mano en el brazo de Brancourt.

—Tenemos un oficial de enlace familiar que puede estar con ustedes esta tarde si necesitan apoyo.

Él negó con la cabeza.

—Preferimos mantener nuestro dolor para nosotros mismos, detective. Gracias, de todos modos.

Pasó junto a ella y siguió a Barnes, indicándoles

que tomaran asiento en la mesa de la cocina mientras él se apoyaba contra el fregadero.

Kay esperó hasta que Barnes hubo sacado su libreta del bolsillo de su chaqueta y luego volvió su atención a Brancourt.

—¿Cómo están sobrellevando esto los gemelos?

—Bien, supongo. —Se encogió de hombros—. Son adolescentes, no hablan mucho ni en el mejor de los casos, así que es difícil saberlo.

—¿Cómo es su relación con Alexander Hill?

—¿Relación? Licito para trabajar en algunos de sus proyectos, y eso es todo. ¿Por qué?

—¿En cuántos proyectos suyos ha licitado?

—Probablemente una docena a lo largo de los años.

—¿Y cuántos ganó? ¿En cuántos ha trabajado?

—Tres. El del Edificio Petersham, un proyecto de viviendas cerca de Aylesford y otro desarrollo de oficinas en West Malling.

—¿Alguna vez ha socializado con él fuera del trabajo?

—No. Para ser honesto, no es mi tipo de persona.

—¿Oh? ¿En qué sentido?

—Un poco demasiado despiadado para mi gusto. —Brancourt se apartó del fregadero—. Dirijo un negocio que ha estado en mi familia durante tres generaciones. Cuidamos de nuestros trabajadores, pagamos nuestros impuestos y apoyamos a organizaciones benéficas y negocios locales. Alex es, ¿cómo puedo decirlo?, implacable. Para él todo se trata del dinero.

Kay dejó vagar su mirada por los electrodomésticos de última generación y las superficies brillantes de la cocina, luego volvió a Brancourt.

—Parece que les va bastante bien, por lo que se ve.

—Así es, sí.

—¿Cómo está el flujo de caja del negocio estos días?

—¿Perdón?

—Hemos hablado con testigos que han indicado que algunos de sus contratistas podrían no estar recibiendo sus pagos a tiempo.

John resopló.

—Rumores, eso es todo. Créame, detective. Cuido de mis proveedores. No tendría un negocio sin ellos.

—¿Pero ha tenido dificultades en el pasado?

—Como todos los demás durante la recesión, sí. Pero reduje mis gastos generales, ahorré donde pude y me aseguré de que todos recibieran su pago.

—¿Por qué tendría su hijo una reunión

programada con Alexander Hill una semana antes de desaparecer?

—¿Qué?

—Nuestro equipo de forenses digitales pudo recuperar un mensaje eliminado del teléfono móvil de Damien. Una semana antes de morir, acordó reunirse con Hill. ¿Sabe de qué hablaron?

—Yo… no tengo ni idea. —John se movió hacia la mesa y se hundió en el asiento junto a Barnes—. ¿Por qué haría eso y no me lo diría?

—Eso es lo que estamos tratando de establecer antes de hablar con el señor Hill —dijo Kay—. ¿Tiene alguna idea de por qué su hijo iba a reunirse con él?

—No. Nunca lo mencionó.

—¿Se lo habría comentado a su esposa?

—Si lo hubiera hecho, ella me lo habría dicho. —Brancourt giró la alianza en su dedo—. No hay secretos en esta casa, detective.

—Y sin embargo, no sabía de esta reunión entre su hijo y Alexander Hill.

Brancourt suspiró. —Damien a veces podía ser demasiado reservado para su propio bien. ¿Han encontrado al amigo con el que dijo que se iba a reunir?

—Estamos trabajando en ello —dijo Kay—.

Nuestros colegas han estado entrevistando a los dueños de los pubs de la zona y revisando grabaciones adicionales de videovigilancia…

Se interrumpió cuando Annabelle Brancourt entró en la cocina, con un grueso cárdigan de lana sobre los hombros y el pelo recogido.

El rostro de la mujer mostraba las líneas del dolor; sus ojos apagados. —¿Qué hacen aquí? ¿Han encontrado a quien mató a mi hijo?

Kay se compadeció de la mujer, pero mantuvo su expresión neutral—. Aún no, señora Brancourt. Mi equipo y yo estamos trabajando día y noche para encontrar las respuestas que necesitan.

Annabelle sorbió por la nariz, luego se acercó a la encimera y encendió la tetera. —Decidí que Bethany y Christopher no volvieran al colegio a finales de la semana pasada. De todos modos, ya casi es el final del trimestre, y no soportaba la idea de que tuvieran que escuchar todos los chismes que deben estar circulando mientras intentan estudiar para sus exámenes. Los niños pueden ser terribles entre ellos.

—Pueden serlo —dijo Barnes, echando su silla hacia atrás y acercándose a la tetera que ahora rugía en su base, con una nube constante de vapor saliendo de su boquilla. Apagó el interruptor y se volvió hacia Annabelle—. Tengo una hija, ya salió de la adolescencia, pero era terrible en la escuela. ¿Dónde guardan las tazas?

—En el lado izquierdo de ese armario de allí.

—Siéntese. Yo lo prepararé.

Kay cruzó la mirada con su colega mientras se unía a los Brancourt, y asintió en silencio agradecida antes de hurgar en su bolso en busca de su libreta.

—¿Dónde están ahora? —preguntó.

—Arriba, en sus habitaciones. Jugando videojuegos, supongo —dijo Annabelle. Se apartó un mechón rebelde de la frente—. ¿Por qué?

—Me gustaría hablar con ellos, si no le importa, para ver si Damien les mencionó algo sobre este amigo suyo, o cuáles eran sus planes para su viaje a Nepal.

—No eran muy cercanos a él. Hay una diferencia de ocho años entre ellos y Damien.

—Aun así…

—Preferiría que no lo hiciera. No todavía. Déjeles unos días más para que puedan hacer su duelo en paz, por favor. —Annabelle levantó la vista cuando Barnes colocó una taza de té frente a ella y murmuró las gracias. Se secó los ojos, luego levantó la taza y sopló sobre la superficie caliente antes de mirar el líquido como si se preguntara qué hacer a continuación con él.

Kay metió la mano en su bolso y sacó una carpeta antes de extraer una página y deslizarla por la mesa hacia John. —Hemos encontrado pruebas que respaldan su afirmación de que Mark Sutton alquiló vehículos para llevarse los dos generadores de su patio el año pasado —dijo.

Brancourt se inclinó hacia adelante y extendió una mano temblorosa para acercar el documento. —¿Qué es esto?

—Todo lo que necesitamos es su declaración de que Sutton lo estaba chantajeando, y podemos iniciar una investigación separada sobre el robo.

Parpadeó y luego empujó la página hacia ella. —No lo creo, detective Hunter. Después de todo, no pasó nada malo. El equipo fue devuelto en buenas condiciones.

—¿Mark Sutton lo amenazó en el pasado?

—¿Qué le hace pensar eso?

—Cuando Damien fue arrestado en la protesta, un testigo declaró que le dijo al hombre al que agredió que lo dejara en paz. ¿De qué se trataba eso?

—No puedo recordar.

—John, Mark Sutton lo chantajeó para que le adjudicara el trabajo. No puede dejar que se salga con la suya.

Los hombros del hombre se levantaron y luego

volvieron a caer. —Probablemente sea mejor si no lo hago. ¿Pueden salir ustedes mismos? Realmente debería continuar. Tengo mucho papeleo y llamadas telefónicas que hacer.

Kay reprimió la frustración que burbujeaba en su interior, pero recogió sus cosas antes de hacerle una señal a Barnes. —Si Christopher o Bethany mencionan algo sobre el viaje de Damien o cualquier plan para encontrarse con alguien en Maidstone antes de volar, por favor, contácteme de inmediato. Mi número de móvil personal está en la tarjeta que le di. No importa la hora del día o de la noche que sea. Podrían recordar algo importante que nos ayude.

Annabelle se levantó de su silla y señaló hacia la puerta. —Los acompañaré a la salida.

Kay notó que John no se movió mientras la seguían, y al mirar por encima del hombro vio que el hombre ahora estaba mirando hacia la ventana junto a la mesa de la cocina, con la mirada perdida mientras observaba sin expresión a través del cristal.

Barnes se detuvo en la puerta principal, con la mano en el pomo. —Señora Brancourt, ¿recuerda si Damien estaba solicitando algún trabajo en el momento de su desaparición, o cuáles eran sus planes futuros una vez que regresara de Nepal?

La mujer frunció el ceño. —¿Por qué iba a

solicitar trabajos? Él iba a hacerse cargo del negocio familiar de John en un par de años. Hablamos antes de que se fuera; el año que viene iba a comenzar una Maestría en Administración de Empresas a tiempo parcial e ir a trabajar con John para conocer mejor el funcionamiento. Ya sabe, para que se familiarizara con la gestión del personal y que no fuera un shock para ellos cuando finalmente tomara el control. — Una triste sonrisa cruzó su rostro—. John estaba deseando una jubilación en la que pudiera ver cómo expandía el negocio y lo construía a partir de lo que él ha logrado. Sin duda era capaz.

—Muy bien, señora Brancourt, nos iremos ya. Como le dije, si dicen algo, cualquier cosa que pueda ayudar en nuestra investigación, por favor llámeme —dijo Kay.

Mientras la puerta principal se cerraba tras ella y se dirigía de vuelta al coche con Barnes, un peso pesado se asentó en su pecho.

—El duelo es una mierda —dijo Barnes.

Abrochó su cinturón de seguridad y levantó la mirada para ver dos rostros en una ventana del piso superior, con expresiones demacradas.

—Lo es, Ian. Sin duda lo es.

CAPÍTULO 39

Alexander Hill miró con furia a Kay por encima de sus gafas de montura metálica.

—No me agrada que me interrumpan en una reunión social un domingo al mediodía y que dos de sus oficiales uniformados me lleven a la fuerza a su coche, detective.

—Qué pena —dijo ella, y abrió la carpeta frente a ella. Se tomó un momento para ordenar sus pensamientos, ignorando la mirada penetrante del abogado de Hill.

Ya había conocido al hombre antes: un pilar entre el establecimiento legal de Kent, y uno que tenía la poco envidiable reputación de ser tanto el más caro como el más repugnante.

Finalmente, Kay sacó una página de la carpeta y se la entregó a Hill.

—Este es un registro de llamadas del teléfono móvil de Damien Brancourt. Específicamente, un mensaje de texto que usted le envió una semana antes de su muerte.

Las cejas de Hill se alzaron antes de que pudiera recuperarse. —Me dijo que lo había borrado.

—Lo había hecho. Nuestro equipo de forenses digitales es muy bueno en lo que hace. ¿Por qué acordó reunirse con él?

Hill lanzó una mirada de reojo a su abogado, luego se removió en su asiento.

—De acuerdo —dijo—. Mire, todo lo que quería era hablar con él sobre una oportunidad que tenía para él. No quería que John se enterara.

—¿Qué tipo de oportunidad?

—Una que no podía discutirse por teléfono.

Kay lo miró fijamente. —No tengo tiempo ni ganas de jugar aquí, señor Hill. Suéltelo. ¿Qué discutió con Damien Brancourt la semana anterior a su muerte?

Se encogió de hombros. —Es una persona inteligente. Me surgió un puesto que pensé que le vendría bien.

—¿Qué tipo de puesto?

—Desarrollo de negocios. Damien era una persona muy dotada, detective Hunter. Podría haber llegado lejos en cualquier carrera que eligiera.

—Teníamos la impresión de que iba a hacerse cargo del negocio familiar de los Brancourt en unos años.

Hill resopló. —Habría sido un desperdicio. Es por eso que no le contamos a John sobre nuestra reunión. Habría empezado a ponerse a la defensiva sobre cómo el negocio debía permanecer en la familia. Damien entendía que no hay lugar para el sentimentalismo en estos tiempos. Él vio el futuro, y lo vio con Hillavon Developments.

—¿Por qué evitó las llamadas de mi equipo después de que se encontrara el cuerpo de Damien?

—No pude evitarlo, estaba ocupado.

—Estaba jugando al golf.

Un leve rubor apareció en las mejillas de Hill y bajó la mirada hacia sus manos. —Era una reunión de negocios.

—También le dio tiempo para crear una coartada para sus movimientos alrededor del momento de la desaparición de Damien.

—¡No tuve nada que ver con eso!

Kay sacó un fajo de papeles grapados de la carpeta, pasó a la cuarta página y luego la giró hacia Hill, antes de clavar su dedo índice en la mitad.

—Estos son los registros de seguridad del sitio mantenidos por Sutton Site Security. Usted fue al Edificio Petersham dos días antes de que Damien Brancourt desapareciera. ¿Por qué fue allí?

—Tuve que ir, teníamos una reunión en el sitio.

—No hay otros registros que respalden esa declaración, señor Hill. Todas las reuniones del sitio se registraban en actas, ¿no es así?

Su rostro decayó. —Sí.

—¿Así que fue una visita no programada?

—Sí.

—¿Por qué?

—Mire, tenía algunas preocupaciones sobre el trabajo, eso es todo. Quería ver por mí mismo. Está muy bien tener reuniones programadas en el sitio para discutir el progreso de un proyecto, pero a veces los contratistas discuten los problemas cuando no estoy presente y encuentran una manera de disimular lo que realmente está pasando; no quería enterarme de algo por accidente. Estábamos trabajando con un cronograma muy ajustado.

—¿Animó a sus contratistas a apresurar su trabajo para cumplir con ese calendario?

—Si está insinuando que mi cliente recortó en aspectos de salud y seguridad, detective…

Kay miró fijamente al abogado. —Qué extraño que mencione eso, dado el historial pasado de su cliente en ese aspecto.

Hill levantó la mano antes de que el abogado pudiera replicar. —Un momento. No había problemas de salud y seguridad en el Edificio Petersham que yo supiera. Obviamente ha oído sobre el proyecto en el que estuve involucrado hace tres años; eso fue causado por un entrenamiento ineficaz de un aprendiz por parte de uno de mis contratistas, y pagué una multa considerable por ello. Fue trágico.

—¿Para el aprendiz o para su cartera? —dijo Barnes.

—¿A qué se referían sus preocupaciones en el sitio del Edificio Petersham? —dijo Kay—. ¿Por qué fue allí sin anunciarse?

—Había escuchado un rumor de que el equipo estaba desapareciendo —dijo Hill—. Y luego, alrededor de un mes después, desapareció un cargamento de cableado de fibra óptica para la instalación de comunicaciones que se estaba realizando.

—¿Cuál era el valor de eso?

—Miles —dijo Hill—. Y nadie podía decirme dónde estaba o qué había pasado con él.

—¿Qué dijo Mark Sutton al respecto? ¿No era su gente la que proporcionaba seguridad para el edificio?

—Quien se llevó el cableado lo hizo durante el viernes y el sábado por la noche. Sutton ya me dijo que solo tenía un hombre de guardia ese fin de semana debido a un evento de música rock para el que estaba contratado. Aparentemente, le pagaban más que yo, así que mi proyecto no obtuvo la protección que se merecía.

—¿Cuándo se enteró del robo?

Hill señaló con el dedo la hoja de asistencia de seguridad del sitio. —Esa mañana cuando llegué. Me preguntaba por qué todos me evitaban. Solo cuando exigí saber qué estaba pasando me enteré. Después de eso, se armó un lío tremendo; terminé en medio de una discusión a gritos entre John Brancourt y Mark Sutton dos días después cuando los hice venir a mi oficina esa tarde para que se explicaran.

—¿Descubrió quién se lo llevó? —dijo Barnes.

—No.

—¿Por qué no se informó el robo a la policía? —dijo Kay—. No tenemos ningún registro de robos en ese sitio.

—John dijo que se encargaría. Un día después,

logró conseguir un cableado de reemplazo con poco tiempo de aviso. Apretó las tuercas en el sitio y logró poner el cronograma de vuelta en marcha.

—¿Damien aceptó el trabajo que le ofreció?

—¿Qué?

—El puesto de desarrollo de negocios que dijo que discutió con Damien. ¿Lo aceptó?

—Dijo que volvería a contactar conmigo para hacérmelo saber. Nunca volví a saber de él. —Hill giró uno de sus gemelos y parpadeó—. Y eso es algo que siempre lamentaré.

—El partido de golf que dijo que estaba jugando... perdón, la reunión de negocios... se fue temprano. ¿Por qué fue eso?

—Yo no...

—Tenga cuidado con lo que dice, Sr. Hill. Tenemos declaraciones de testigos de dos de sus asociados que afirman que solo jugó nueve hoyos, no dieciocho. ¿Por qué se fue temprano?

Hill miró rápidamente a su abogado, luego de vuelta. —Me reuní con el Sr. Caplan aquí, en su oficina. C...cuando me enteré de la muerte de Damien, entré en pánico, eso es todo.

—Interesante. —Kay arrastró la documentación a través de la mesa y cerró la carpeta antes de empujar su silla hacia atrás—. Conmigo, Barnes.

Se movió hacia la puerta, luego se detuvo cuando Hill la llamó.

—¿Detective Hunter?

Kay miró por encima del hombro para ver a Hill de pie, su rostro desconsolado. —¿Qué?

—Yo no maté a Damien Brancourt. Tiene que creerme. Era como un hijo para mí.

CAPÍTULO 40

Kay se desplomó en su asiento y miró fijamente los correos electrónicos resaltados en la pantalla de su ordenador, contando el número de mensajes que habían aparecido desde que había estado hablando con Alexander Hill y preguntándose cuántos de ellos podría delegar entre sus colegas.

—¿Cómo fue, jefa? —dijo Carys. Acercó una silla y cruzó las piernas, con su bolígrafo listo sobre su cuaderno.

—No estoy segura. —Kay mantuvo presionadas tres teclas para bloquear la pantalla del ordenador, luego se volvió hacia ella—. Creo que se sorprendió de que encontráramos el mensaje; él y Damien definitivamente estaban ocultando el hecho de que se habían reunido, y no querían que John Brancourt se enterara.

—Porque John quería que Damien se hiciera cargo de su negocio.

—Exactamente, y parece que Hill estaba más cerca de Damien de lo que John podría haber estado, especialmente...

Se interrumpió cuando el comisario Sharp entró en la habitación y se apresuró hacia ella.

—¿Jefe?

—Lo siento, Kay. Acabo de hablar con la comisario jefa. No tenemos suficientes pruebas contra Alexander Hill para retenerlo más tiempo. Tenemos que dejarlo ir si no vamos a presentar cargos.

—Pero solo ha estado aquí seis horas —dijo Barnes—. Aún no necesitamos la aprobación de un magistrado.

—Es político —dijo Sharp—. Hill tiene conexiones y está aprovechándose de eso.

—Maldita sea. —Kay se dio la vuelta y golpeó con la mano el costado del archivador.

—¿Tienes algo que sugiera que estuvo directamente involucrado en la muerte de Damien?

—No, jefe.

—Entonces lo siento, Kay. Nos aseguraremos de

que entregue su pasaporte por si acaso, pero tenemos que liberarlo. —Sharp se volvió hacia Gavin—. Piper, ¿podrías encargarte de eso cuando terminemos aquí?

—Sí, jefe.

Sharp se acercó a la pizarra y cruzó los brazos mientras repasaba las notas que Kay había añadido durante el curso de la investigación. Finalmente, asintió levemente.

—Sé que es frustrante, Hunter. Pero sigue investigando. Alguien en ese sitio está mintiendo. Simplemente aún no hemos descubierto quién.

—Sí, jefe.

—Estaré en la sede central a primera hora de mañana. Mantenme informado de cualquier novedad.

Hizo un breve gesto con la cabeza, murmuró su agradecimiento al equipo y se fue.

Kay se volvió hacia el equipo uniformado, sus rostros demacrados bajo la pálida luz amarilla de las viejas lámparas fluorescentes. —Muy bien, chicos. Es suficiente por hoy. Nos vemos mañana a las ocho. Piper, será mejor que bajes y comiences el papeleo para liberar a Hill y organices la entrega de ese pasaporte.

Esperó hasta que comenzaron a salir por la puerta, luego se inclinó hacia adelante y movió el ratón hasta que la pantalla de su ordenador se iluminó y mostró los archivos del caso, recorriendo con la mirada cada entrada antes de descartarla, frustrada por no poder encontrar lo que buscaba. Levantó la vista cuando Barnes se apoyó en su escritorio y sonrió.

—¿Qué?

—Conozco esa mirada, jefa —dijo él—. ¿Qué estás tramando?

—No puedo ocultarte nada, ¿verdad?

—No, así que suéltalo.

—¿Tienes el número de teléfono de Marcus Weston, el gerente de operaciones de la empresa de software?

Barnes hojeó su libreta. —Sí. Aquí tienes.

Kay marcó el número en su teléfono de escritorio y luego exhaló frustrada mientras escuchaba el mensaje del buzón de voz. —Está en Canadá hasta la semana que viene.

—¿Qué ibas a preguntarle?

—Quería echar otro vistazo a la cavidad donde encontraron a Damien. ¿Todavía tenemos una llave del Edificio Petersham o se la devolvieron a Weston después de que el equipo de Harriet terminara con la escena del crimen?

—Creo que Debbie tenía una que iba a llevar allí

en algún momento para informarles de que ya pueden usar la sala ahora que los de la Científica han terminado. Aunque no sé si ha tenido la oportunidad de hacerlo aún.

—¿Sabes dónde la puso?

Kay se levantó de su silla y cruzó la habitación hacia el escritorio de la policía.

Los detritos administrativos asociados con una investigación importante en pleno apogeo cubrían gran parte del área de trabajo de Debbie, a pesar de sus mejores intentos por mantener los archivos y el papeleo en pilas separadas para facilitar la consulta.

—¿En qué estás pensando? —dijo Barnes mientras se unía a ella.

—La cavidad de la que cayó el cuerpo de Damien... ¿por qué ponerlo allí en primer lugar? Estaba oscuro, no había cámaras de seguridad apuntando a la parte trasera del edificio, así que ¿por qué no sacarlo de allí y esconder su cuerpo en otro lugar? Quiero echar otro vistazo ahora, antes de que devuelvan esa sala.

—Vale, tengo una idea. —Agitó la mano hacia el papeleo—. Más fácil que revisar todo esto para intentar encontrar una llave, de todos modos.

—¿Ah sí? ¿Cuál es?

Sonrió. —Gemma Tyson.

—¿La recepcionista?

—La oí hablar en la escena el día que se descubrió el cuerpo de Damien. Es una chica lista, y tiene los códigos de seguridad del edificio, que también necesitarás además de una llave. Además, está alquilando un piso en Wheeler Street, así que está justo a la vuelta de la esquina.

Kay respiró hondo. —Necesitaríamos que Gavin retrasara a Alexander Hill en caso de que estuviera pensando en ir allí esta noche. Sé que no podría entrar al edificio, pero no quiero que nos vea si pasa conduciendo.

—Me encargo —llamó Carys y cogió su teléfono.

—¿Cuánto tiempo crees que podemos retrasarlo? —dijo Barnes.

—Una hora, no más —dijo Kay—. Su abogado tiene experiencia en este tipo de cosas. Mientras Gav no haya hablado con ellos todavía...

—No lo ha hecho. —Carys colgó el teléfono—. Hughes lo detuvo en recepción para que se ocupara de un reportero, así que le he dicho que espere otros veinte minutos antes de darle las buenas noticias a Hill y a su abogado. Calcula que le llevará unos buenos cuarenta o cincuenta minutos hacer el papeleo después de eso porque se acaba de lastimar la mano y escribirá despacio.

Kay sonrió ante la expresión pícara que lucía el agente, luego revisó su teléfono. —Comunícate con Gemma, Barnes. Dile que nos encuentre frente al Edificio Petersham en quince minutos.

CAPÍTULO 41

Un cuarto de hora más tarde, Kay esperó hasta que un taxi se alejó de la acera con sus ocupantes ebrios y luego asintió a Gemma Tyson.

—Ahora.

Quedaban pocos peatones en la calle principal, un viento frío y lluvia horizontal mantenían a la mayoría de la gente en el interior.

Kay cruzó la mirada con Barnes y él le guiñó un ojo cuando un suave pitido llegó a sus oídos.

—Allá vamos, jefa.

Gemma mantuvo abierta una de las puertas dobles para que Kay y Barnes entraran, luego la cerró con llave detrás de ellos. —Tendrán que esperar ahí mientras desactivo la alarma para el resto del edificio.

Desapareció detrás del mostrador de recepción,

encendió una lámpara de escritorio junto a su ordenador e ingresó una secuencia de números antes de enderezarse. —Bien, síganme.

—No tan rápido —dijo Kay—. Nosotros nos encargaremos desde aquí.

El rostro de la recepcionista decayó.

—Este es mi número de móvil —dijo Barnes—. ¿Puedes llamarme si aparece alguien más?

—Lo haré.

Él lideró el camino hacia el interior de la oficina principal, encendió las luces y luego se dirigió a través del gran espacio y subió una escalera, sus zapatos haciendo eco en los peldaños metálicos en el silencio del edificio.

Kay lo siguió, su emoción ante la perspectiva de lo que podrían descubrir estaba templada por la ansiedad de que pudiera ser una tarea infructuosa.

Se le estaban acabando las opciones.

Barnes llegó a la parte superior de las escaleras y empujó la puerta para abrirla hacia la oficina sobre el área de descanso. Hizo un gesto a Kay para que entrara.

—Al menos no tenemos que intentar quitar la alfombra y el contrapiso, aún no los han vuelto a colocar.

—Bien. No me apetecía intentar arrancar eso. Echemos un vistazo, ¿de acuerdo?

Sacó de su bolsillo una fotografía tomada por el equipo de Harriet cuando los habían llamado a la escena, y caminó de un lado a otro por el piso desnudo, examinando las marcas que habían sido resaltadas por los investigadores de la escena del crimen.

—Hay marcas de arrastre aquí, mira. Puedes ver dónde se han rayado las tablas.

—Pero van hacia la cavidad, no hacia la puerta.

—Así que sacarlo nunca fue una opción. —Kay frunció el ceño—. Eso significa que la cavidad estaba abierta antes de que Damien muriera. ¿Por qué?

Se dejó caer al suelo junto a las tablas sueltas que quedaban de la intrusión de los investigadores de la escena del crimen, luego le hizo un gesto a Barnes para que la ayudara. —Necesitamos mirar aquí dentro.

Sacando una linterna delgada del bolsillo de su chaqueta mientras Barnes apartaba la primera de las tablas del suelo, dirigió el haz hacia el hueco. —¿Puedes mover otra?

Kay bajó su rostro hasta que su mejilla descansó en el suelo, y movió el haz hacia su izquierda. Se movió hasta que pudo ver mejor dentro de la cavidad, y luego se enderezó y se sentó sobre sus talones.

—Bueno, eso es interesante.

—¿Qué es? —dijo Barnes.

En respuesta, Kay sacó su teléfono móvil y marcó el número de marcación rápida. —¿Gavin? ¿Alexander Hill sigue en la estación? Baja al estacionamiento y tráelo de vuelta, ahora. Tiene algunas explicaciones que dar.

KAY ENTREGÓ su chaqueta empapada por la lluvia al oficial uniformado fuera de la sala de interrogatorios, luego empujó la puerta y se acercó a la mesa donde Alexander Hill estaba sentado con su abogado.

—¿Qué significa esto? —dijo el abogado—. Exijo una explicación.

—Un momento —dijo Kay, luego le indicó a Barnes que leyera la advertencia formal una vez que el equipo de grabación estuviera funcionando. Hecho esto, se volvió hacia Hill.

—¿Qué sabe sobre los contratistas responsables del cableado en el Edificio Petersham?

—Solo que John Brancourt trajo un equipo de Brighton para hacerlo; no eran baratos, pero eran minuciosos. Ganaron los contratos para el cableado de fibra óptica para los servidores informáticos de la empresa de software, así como para todo el equipo de telecomunicaciones. ¿Por qué?

—Hábleme del cableado de cobre en la cavidad del techo. Echamos un vistazo y nada del cableado antiguo ha sido removido. Todo el cableado nuevo está encima de él.

—¿Qué pasa con eso?

—¿Qué hace ahí? Tenemos equipos enteros trabajando con la Policía de Transporte Británica en el robo de metales debido al valor del cobre. Ese material está siendo robado de los lados de las vías férreas y de las antiguas centrales telefónicas en todo el país. Si estaban renovando un edificio, ¿por qué no quitaron el cableado de cobre y lo vendieron?

Hill juntó las manos sobre la mesa. —Íbamos a hacerlo, pero como le dije antes, estábamos retrasados con el cronograma. Si hubiera insistido en pagarle al contratista eléctrico para que quitara el cableado de cobre antes de instalar los nuevos cables de fibra óptica y demás cableado, habría añadido otras cuatro semanas al proyecto, sin mencionar el costo involucrado. Simplemente no podía permitirme que se retrasara la fecha de finalización. Tenía más sentido dejar el cableado de cobre en su lugar. —Se encogió de hombros—. La empresa de software tiene un contrato de arrendamiento por diez años. Siempre puedo hacer que alguien venga a quitar el cableado de cobre al final de su contrato si decido venderlo antes de que entre un nuevo inquilino.

Kay sacó su teléfono móvil y seleccionó la aplicación de fotos antes de pasárselo a Hill. —Eso es lo que pensé. Pero acabo de echar un vistazo a esa cavidad donde se encontró el cuerpo de Damien Brancourt, y vi esto.

Hill frunció el ceño, pero tomó el móvil y miró la pantalla. Un segundo después, su boca se abrió. —Esto no tiene sentido.

—Eso es lo que pensé —dijo Kay—. El cableado de cobre ha sido cortado. Y parece que ha sido arrancado de su lugar, no dejado in situ como acaba de describir. Sé que el peso corporal de Damien habría movido el cableado a medida que se abría paso por la cavidad con el tiempo, pero no así.

Hill le devolvió el móvil. —Ninguno de los contratistas habría tocado eso. Dejamos muy claro en la reunión del proyecto a principios de junio que ese cableado de cobre se quedaría en su lugar. Además, ninguno de ellos lo habría cortado: todavía estaba activo. Está alimentando las viejas líneas telefónicas que el banco había instalado. Si alguien intentara cortar esos cables, estarían...

—Electrocutados —dijo Kay—. Exactamente. Damien Brancourt estaba robando el cable de cobre del Edificio Petersham cuando lo mataron.

CAPÍTULO 42

—Vamos, tomad asiento. Pongámonos en marcha.

Kay llamó al equipo de investigación reunido a la mañana siguiente, el sonido de la última silla arrastrándose por la alfombra llegó a ella mientras se giraba hacia la pizarra y señalaba la fotografía de Damien Brancourt.

—Para aquellos que acaban de llegar, ahora estamos seguros de que Damien fue electrocutado mientras intentaba robar cable de cobre del Edificio Petersham. Alexander Hill olvidó informarnos cuando hablamos con él por primera vez que el cable de cobre todavía estaba activo en el momento de las renovaciones y se dejó en su lugar para su futura recuperación. Damien Brancourt obviamente tenía otras ideas.

—¿Cuándo quieres decírselo a sus padres? —dijo Barnes.

—Todavía no. Quiero más respuestas antes de darles la noticia, especialmente dada la declaración de Alexander Hill de que Damien no estaba interesado en trabajar para el negocio familiar. Quiero averiguar de los amigos de Damien por qué se sentía así. Y el robo de cobre, ¿qué motivó a Damien y a su cómplice? ¿Por qué necesitaban el dinero?

Hizo un gesto a Debbie para que comenzara a repartir copias del informe del día extraído de HOLMES. —Hughes, Parker, quiero que trabajéis con Gavin para averiguar quién compra cobre recuperado en esta área. Si ninguna de las empresas con las que habláis ha tratado con Damien, ampliad vuestra búsqueda. La Oficina de Normas Comerciales tendrá una lista de recicladores de metales, así que comenzad con esos. Hablad también con nuestros colegas de robos. Recordad, el robo de cobre es una fuente importante de ingresos para miembros del crimen organizado. Debemos tratar con cuidado esta información y a las personas que vamos a interrogar. Quiero saber si Damien Brancourt y su cómplice planeaban tratar con una empresa de salvamento o varias para distribuir el riesgo de ser atrapados.

Barnes levantó la mano. —También hay

asociaciones comerciales que se ocupan del salvamento de metales, jefa. Haré algunas llamadas telefónicas y averiguaré si se han presentado quejas sobre sus miembros.

—Gracias, Ian. —Kay dio un paso atrás de la pizarra para poder revisar sus notas del caso—. Nos hemos perdido algo por el camino. Robar cobre de un edificio con una empresa de seguridad privada presente requiere agallas, por no mencionar una buena dosis de estupidez.

—¿Podría haber sido coaccionado para el robo de metales, jefa? —dijo Carys.

—Ciertamente quiero hablar con Mark Sutton de nuevo antes de descartar eso —dijo Kay—. ¿Puedes traerlo para interrogarlo esta mañana?

—¿Deberíamos volver a entrevistar a sus conocidos de la universidad? —dijo Gavin—. Tal vez estaban trabajando con la teoría de que podrían venderlo para pagar rápidamente cualquier deuda universitaria.

—Es un buen punto, y uno que vale la pena considerar. Quiero hablar con Julie Rowe. Parece tener un don para tener las ideas pero coaccionar a otros para que lleven a cabo sus acciones. Ejemplo: Damien metiéndose en problemas en esa protesta mientras ella simplemente se quedaba al margen. No le importó llevarse el crédito en los periódicos locales por la protesta, pero dejó que Damien cargara con la culpa cuando las cosas se pusieron feas.

—Va a ser una gran política —dijo Barnes.

—En efecto. —Kay estiró el cuello para ver por encima del equipo reunido—. ¿Está Amanda aquí?

—Sí, jefa. —La investigadora financiera se abrió paso entre los escritorios hacia ella.

—¿Puede realizar una revisión en ELMER para Damien Brancourt, Julie Rowe, Shaun Browning y los demás para ver en qué estado se encuentran sus asuntos financieros? Deudas de tarjetas de crédito, líneas de crédito, todo. Quiero saber si alguno de ellos ha tenido dificultades para pagar deudas, o por el contrario, si han recibido grandes depósitos en efectivo en los doce meses previos a la muerte de Damien.

—Lo haré. Me llevará el resto del día prepararlo, pero puedo tenerlo en su escritorio antes de irme hoy.

—Gracias. Mejor empiece mientras terminamos aquí. —Kay tomó sus notas informativas—. Hughes, quiero que trabajes con la rama local de la Policía de Transporte Británica. Estoy particularmente interesada en saber sobre cualquier persona atrapada robando metal de cualquier tipo en el último año, o sospechosa de hacerlo. Averigua si tienen contactos con los que podamos hablar confidencialmente sobre Damien Brancourt; alguien ahí fuera debe saber algo. Incluso si era la primera vez que Damien participaba en el robo de metales, la persona que estaba con él evidentemente tuvo la sangre fría suficiente para retirar el cable de cobre que había sido cortado para venderlo. Eso me indica que esa persona tiene experiencia.

—Sí, jefa.

—Volviendo a Mark Sutton, quiero una auditoría inmediata de los registros financieros que tenemos de él para averiguar si hay algún vínculo entre su trabajo de seguridad y los desguaces. Cuando hables con las empresas locales, pregunta a quién compran, incluyendo compras en efectivo. Sé cauteloso al hacerlo, porque no quiero alertar a Sutton antes de que hayamos tenido la oportunidad de investigar a fondo esta línea.

—Entendido, jefa —dijo Gavin.

—Bien, eso es todo. Podéis retiraos. Barnes, ponte en contacto con Julie Rowe y avísame cuando esté aquí.

CAPÍTULO 43

Kay se abotonó la chaqueta y luego dio un fuerte empujón a la puerta de la sala de interrogatorios número cuatro.

El gesto tuvo el efecto deseado, haciendo que tanto Julie Rowe como su abogado saltaran en sus asientos por el ruido.

El abogado se recuperó más rápido, volteando la página de su cuaderno y enderezando su corbata con un bufido audible mientras Kay se sentaba frente a su cliente.

Julie Rowe parecía más pálida de lo que Kay recordaba de su último encuentro y mientras Barnes recitaba la advertencia formal, se preguntó cuánto se estaría arrepintiendo la veinteañera de su aventura con Damien Brancourt.

—Mi cliente ya ha proporcionado una declaración completa sobre su interacción con el señor Brancourt —dijo el abogado—. Ella considera que esta última intrusión en su vida es innecesaria.

Kay lo ignoró y mantuvo su mirada en Julie. —¿Cuánta deuda de tarjeta de crédito tiene?

—N...no lo sé de memoria. —Los ojos de Julie se abrieron en pánico mientras miraba a su abogado y luego de vuelta—. Algunos miles de libras, quizás.

—Permítame refrescar su memoria —dijo Kay, y tomó la carpeta que Barnes le entregó—. Al treinta del mes pasado, el saldo adeudado es de doce mil seiscientas cuarenta y dos libras. Más intereses al trece por ciento.

Barnes silbó entre dientes. —¿Cuánto de eso fue por compras navideñas?

Julie levantó el mentón. —No es asunto suyo. Que sepan que trabajo duro para ganarme la vida. Muy duro. Si está tratando de probar un punto, detective Hunter, agradecería escucharlo.

—¿Cuánto tiempo espera tardar en pagar esta deuda? —dijo Kay—. ¿Cuatro años? ¿Seis? No está trabajando a tiempo completo en este momento, ¿verdad?

—Realmente no entiendo qué tienen que ver los

asuntos financieros de mi cliente con su investigación, detective...

—Entonces cállese y escuche —espetó Kay. Miró fijamente a Julie—. Damien Brancourt murió porque estaba robando cable de cobre del Edificio Petersham. Él y su cómplice no sabían que el cableado aún estaba activo, así que cuando Damien lo cortó, fue electrocutado.

Esperó mientras Barnes empujaba una fotografía tomada del cuerpo de Damien in situ en el suelo del área de descanso a través de la mesa hacia Julie.

Los ojos de la joven se abrieron de shock, y luego llevó una mano temblorosa a su boca mientras gritaba.

—Se me está acabando la paciencia —dijo Kay —. He hablado con cada persona con la que Damien tuvo contacto en los días y semanas previos a su desaparición. Uno de ustedes está mintiendo.

Julie negó con la cabeza, sus ojos húmedos. —No soy yo. Les he dicho la verdad.

—Pero ¿me ha contado todo? —Kay recuperó la fotografía y la cubrió con su mano—. Julie, creo que Damien Brancourt la asustó. Pensó que podía usarlo para llamar la atención sobre su causa con las protestas contra las obras de desarrollo en la ciudad, ¿no es así? Pero no podía controlar su temperamento.

—Él no lo decía en serio.

El abogado de Julie se estiró para tomar un pañuelo de papel de la caja junto al equipo de grabación y se lo pasó a su clienta, con la mandíbula apretada.

—¿Qué quiere decir? —preguntó Kay una vez que la mujer había recuperado un poco la compostura.

Julie se secó los ojos y luego bajó las manos temblorosas a su regazo. —Me pegó.

—¿Cuándo?

—Unos días después de la protesta. Después de que la policía retirara los cargos.

—¿Qué pasó, Julie? —Kay suavizó su voz, deseosa de ganarse la confianza de la mujer—. ¿Por qué le pegó Damien?

—Dijo que era mi culpa que hubiera arremetido contra ese hombre. Dijo que lo había utilizado. —Se encogió de hombros—. Supongo que tenía razón, lo hice.

—Eso no le daba excusa para pegarle.

—Así era él. Un minuto podías estar teniendo una conversación normal con él, y al siguiente te estaba gritando en la cara.

—¿Siempre fue así?

—No, no lo era. Cuando lo conocí en la

universidad era muy divertido. Siempre era el que nos hacía reír a todos.

—¿Tiene alguna idea de por qué cambió?

—Creo que estaba bajo mucha presión. Debía dinero y no creo que el negocio de su padre estuviera yendo muy bien, y era el estrés de todo eso. No sabía qué hacer. No sabía cómo afrontarlo.

KAY hojeó el informe en su escritorio, con la barbilla apoyada en la mano mientras pasaba el dedo por las páginas aún calientes que habían sido impresas y puestas bajo su nariz por Amanda Miller cinco minutos después de haber terminado de entrevistar a Julie Rowe.

El ruido en la sala de incidentes se había reducido a un zumbido constante, un vaciado gradual del espacio a medida que sus colegas terminaban sus turnos del día, agotados por la frustración y una abrumadora sensación de desesperanza mientras el caso se alargaba en su tercera semana sin una pista significativa.

—¿Cómo lo supiste, jefa? —dijo Barnes—. Sobre el mal genio de Damien, quiero decir.

Kay suspiró. —No lo sabía, solo era una

corazonada. Pero la forma en que Julie dijo que arremetió contra el guardia de seguridad de Mark Sutton me hizo preguntarme si Damien tenía problemas para controlar su ira. Parecía fuera de carácter comparado con lo que hemos escuchado sobre él tanto de sus padres como de Alexander Hill.

—Al menos ahora tenemos una mejor idea de sus finanzas gracias a Julie. Me pregunto cómo logró ocultárselo a su padre, sin mencionar sus registros bancarios. Nada de eso apareció en la búsqueda de Amanda.

—Para ser justos, Amanda solo ha tenido unas pocas horas para investigar. Al menos sabemos por qué Damien buscaba trabajo con Alexander Hill: necesitaba salir de deudas, y trabajar para la empresa de su padre no iba a pagarle lo suficiente.

—¿Qué quieres hacer ahora?

—Quiero…

—¡Jefa!

Kay se interrumpió ante el grito de Carys desde el otro extremo de la sala de incidentes y miró por encima del hombro para ver a la agente corriendo hacia ella.

—¿Qué pasa?

—Mira esto, es de hace diez años.

Le entregó una impresión de una hoja de cargos a

Kay y se quedó de pie con los brazos cruzados mientras ella la leía.

—Y eso no es todo, jefa. Echa un vistazo a esto.

El corazón de Kay aceleró su ritmo mientras escaneaba la información. —John Brancourt fue arrestado en un pub en Sutton Valence por golpear a uno de los clientes habituales —dijo, y luego levantó la mirada hacia Carys—. Parece que el padre de Damien también tiene problemas para controlar su temperamento.

Una idea comenzó a formarse mientras observaba a Barnes leer la nueva información, y levantó un dedo para evitar que interrumpiera sus pensamientos.

—Espera. Hemos estado viendo esto de la manera equivocada, ¿no es así? ¿Y si no fue Damien quien estaba robando el cable de cobre para pagar sus deudas?

Barnes dejó caer la página en su regazo con la mandíbula abierta. —¿Hablas en serio?

—Sí. Conmigo, Ian, vamos a hacerle otra visita a John Brancourt. Ahora.

CAPÍTULO 44

Kay no esperó a que Barnes sacara la llave del encendido cuando estacionó el coche del grupo frente a la puerta de la propiedad de los Brancourt.

En su lugar, se desabrochó el cinturón de seguridad y salió disparada del vehículo, golpeando la puerta principal mientras su colega se unía a ella, sin aliento.

—Maldita sea, jefa. No es como si fuera a huir, ve más despacio.

Ella apretó los dientes, maldiciendo en voz alta cuando nadie respondió al timbre, y luego miró a través del buzón.

Nadie se movía dentro; podía ver el poste de la escalera a la derecha y la chimenea que aún ardía, pero no había señales de John o Annabelle Brancourt ni de sus dos adolescentes.

—¿Jefa?

—Por la parte de atrás. Tal vez estén en el jardín.

Barnes levantó la mirada hacia el cielo nublado, su expresión no dejaba dudas sobre lo que pensaba acerca de las posibilidades de encontrar a los Brancourt afuera en pleno invierno, pero los guio hacia la derecha a través de un arco que había sido tallado en un muro de piedra.

Más allá del arco, un aroma a humo de leña flotaba en el aire y Kay luchó contra la sensación de náusea que le oprimía el estómago. Después de una espantosa investigación el verano anterior, no había podido soportar ese olor, así que desvió su mirada hacia los extensos terrenos en un intento por encontrar un nuevo foco de atención.

Un sonido de raspado llegó a sus oídos y, al doblar la esquina de la casa siguiendo a Barnes, divisó a Annabelle usando un rastrillo para recoger ramitas esparcidas alrededor del tronco de un gran castaño de Indias que había sido podado.

La mujer llevaba un gorro de lana, sus manos enguantadas la protegían de lo peor del clima y, mientras Kay intentaba recuperar algo de circulación en sus propios dedos, lamentó no haber tenido la misma previsión.

Un grito emocionado precedió la aparición de la primera de los gemelos que emergía de un pequeño bosquecillo en la parte trasera del jardín, seguido de cerca por su hermano, un momento antes de que este se desviara y se dirigiera hacia una escalera desvencijada que conducía a una casa del árbol. La niña echó un vistazo a su hermano y luego se dirigió a un columpio bajo otro árbol.

Annabelle levantó la vista de su trabajo y apoyó el rastrillo contra el árbol antes de poner las manos en las caderas.

—Detective Hunter. ¿Qué quiere? Estoy tratando de darles a mis hijos una sensación de normalidad después de todas las intrusiones y el estrés.

Kay esperó hasta llegar junto a la mujer y mantuvo la voz baja.

—¿Dónde está su esposo, Annabelle?

La mujer usó el talón de su mano para ajustarse el gorro.

—En el trabajo.

—Pensé que habría preferido estar aquí para apoyarla a usted y a los niños en un momento tan estresante.

—Sí, bueno, estoy segura de que si tuviera un

trabajo normal lo habría hecho. Pero no es así; es dueño de una empresa y es responsable de ella y de sus empleados.

—¿Cuándo espera que regrese?

Annabelle suspiró.

—No lo sé. Tal vez a las seis y media. Depende de lo que pase, realmente; siempre está a disposición de algún cliente.

Barnes señaló con la barbilla hacia la casa del árbol cuando el niño reapareció en lo alto de la escalera.

—¿Cómo lo están llevando?

—Tan bien como se puede esperar.

—Me sorprende que aún quepan ahí dentro.

—Christopher es el único que la usa estos días. Bethany la dejó hace tiempo. Dice que está llena de arañas. —Una sonrisa se dibujó en los labios de la mujer—. Damien era igual a la edad de Christopher. Decidido a quedarse en la casa del árbol para siempre.

—Creo que la altura me desanimaría a subir allí —dijo Kay.

Annabelle puso los ojos en blanco.

—Le dije a John y a Damien que la habían construido demasiado alta.

—¿Cómo se llevaba Damien con su padre?

—¿Damien? —Annabelle alcanzó el rastrillo y

comenzó a barrer los desechos una vez más—. Bien, supongo. Tanto como un padre y un hijo pueden llevarse. Tenían sus desacuerdos de vez en cuando, pero eso es de esperar. Damien creció rápido y tenía sus propias ambiciones.

—¿Discutían mucho?

—¿Qué quiere decir?

—¿Alguna vez estuvieron en desacuerdo sobre el negocio o las ambiciones de Damien?

Kay observó cómo la expresión de la otra mujer se nubló por un momento antes de que negara ligeramente con la cabeza y forzara una sonrisa.

—No lo sé. No discutían temas de negocios delante de mí. Siempre insistí en que mantuvieran eso lejos de la mesa cuando nos sentábamos todos a cenar. Honestamente, eran igual de malos; nunca se desconectaban.

—¿Cómo manejó John el estrés de dirigir un negocio durante la recesión?

Annabelle dejó caer el rastrillo contra el lado de un pequeño cobertizo de madera.

—¿Qué se supone que significa eso?

—La pelea en el pub de Sutton Valence hace diez años. ¿De qué se trató todo eso?

—Realmente no puedo recordarlo.

—Inténtelo.

—Mire, está bien. John perdió los estribos con alguien, eso es todo.

—Fue arrestado, Annabelle. Eso es algo más que simplemente perder los estribos, ¿no?

—Fue provocado. El hombre lo acusó de deber dinero y comenzó a hablar sobre cómo John estaba arruinando los negocios de los contratistas locales porque no les pagaba. Muchos de los asociados de John bebían en ese pub. Tenía que hacer algo; no podía simplemente dejarlo continuar así, arruinando su reputación frente a todos.

—¿Era cierto? ¿John debía dinero?

—Por supuesto que no. No más de lo que cualquier otro debe en esta industria. Todo se paga eventualmente.

—¿Qué hay de los planes de John de traspasar el negocio a Damien? —dijo Barnes.

El mentón de Annabelle se adelantó.

—¿Qué quiere decir?

—¿Está John preparando para entregar un negocio saludable en estos días, o todavía tiene deudas pendientes?

—Es… está bien.

—¿Cuáles son sus planes para el negocio ahora? —dijo Kay.

—No lo sé, maldita sea. Como dije, él no discute

cosas de negocios conmigo. De todos modos, no quiero oír hablar de ello. Tengo a los gemelos que cuidar.

Como si fuera una señal, los dos adolescentes cruzaron corriendo el jardín hacia su madre, luego disminuyeron la velocidad al acercarse, con expresiones cautelosas.

—Hola, vosotros dos —dijo Barnes, sonriendo.

La chica esbozó una tímida sonrisa antes de salir corriendo hacia la casa, con su hermano siguiéndola.

—Van a querer algo de comer —dijo Annabelle —. ¿Había algo más, o hemos terminado aquí?

—Por favor, informe a su esposo que necesitamos hablar con él con urgencia —dijo Kay—. Y eso significa hoy.

CAPÍTULO 45

—¿Qué quieres decir con que no está en el trabajo?

Kay giró su silla y se dirigió a zancadas hacia la oficina de Sharp, mirando con enojo los diferentes avisos y memorandos de la sede que cubrían una pared antes de moverse hacia la ventana, con el teléfono en la oreja.

La voz de Carys crepitó cuando la señal de su teléfono móvil se perdió por un momento, luego volvió con una claridad que hizo que Kay buscara el control de volumen.

—Dicen que estuvo allí a primera hora de la mañana, pero no lo han visto en casi cinco horas, jefa.

—¿Dónde está?

—No lo saben. Les dijo que tenía una reunión cerca de Tunbridge Wells, pero no hay nada en su agenda. Debía ver a un cliente hace más de una hora en Staplehurst, pero no se presentó. Tampoco está respondiendo su móvil.

—Mierda. —Kay salió corriendo de la oficina y llamó a Barnes a través de la sala de incidentes—. Emite una alerta para John Brancourt y su coche. Autopistas, aeródromos locales, todo. Carys, ¿sigues ahí?

—Jefa.

—Enviaré una patrulla uniformada. Quédate allí por si Brancourt regresa mientras tanto. Enviaremos a otro grupo a su casa.

Terminó la llamada y arrojó su teléfono sobre el escritorio.

—¿Jefa? Malcolm Hodges está abajo para verte —dijo Gavin, poniéndose la chaqueta sobre los hombros.

—¿Quién?

—El tipo al que John Brancourt golpeó hace diez años. Hablé con él más temprano hoy y le pedí que viniera. A ver si puede arrojar algo de luz sobre los negocios de Brancourt, tanto de entonces como de ahora.

—Buen trabajo.

Kay agarró su chaqueta y siguió a Gavin fuera de la habitación, manteniendo fácilmente el ritmo del detective larguirucho mientras bajaba las escaleras a toda velocidad.

Malcolm Hodges se levantó de la silla de plástico en recepción cuando entraron, sus ojos azul claro acentuados por gafas de montura metálica. Se desabrochó un pesado abrigo de lana antes de estrecharles la mano.

—Gracias por venir —dijo Gavin, guiando al hombre hacia una sala de interrogatorios y presentándolos formalmente a todos para los fines de la grabación de la conversación—. ¿Podría indicar su nombre completo y ocupación, por favor?

—Malcolm Henry Hodges. Soy propietario de una empresa de instalación de iluminación registrada en Ashford.

—¿Cómo conoce a John Brancourt?

El labio superior de Hodges se curvó. —Tuve la desafortunada suerte de ser contratado por él hace algunos años. Ya conocen el resultado de ese acuerdo.

—Sabemos lo que está en el registro —dijo Kay —. ¿Podría contarnos sobre ello con sus propias palabras?

—Ganamos el trabajo para proporcionar algunos focos de alta especificación para una instalación minorista que Brancourt estaba gestionando en Thanet. En ese momento, los accesorios tenían que ser enviados desde Estados Unidos. El cliente insistía en que quería lo mejor: era una tienda de música boutique, altavoces, amplificadores, todo lo que pudieras querer para un sistema de entretenimiento doméstico. El dinero no era un problema para el cliente. Brancourt era un asunto diferente. Intenté obtener un pago parcial por adelantado, pero no quiso saber nada de eso. Dijo que sería un insulto para el cliente pedirlo. Seré honesto, estaba nervioso. Ya saben cómo era hace diez años, las empresas quebraban sin previo aviso.

—¿Qué hizo?

—Tomé el riesgo. —Hodges se encogió de hombros—. No había mucho más que pudiéramos hacer. Si no suministrábamos el equipo, uno de nuestros competidores lo habría hecho.

—Así que hicieron el trabajo e instalaron la iluminación. ¿Qué pasó después? —dijo Gavin.

—Brancourt no pagó a tiempo. Este negocio es notoriamente lento para pagar de todos modos, por lo que el contrato nos daba cierta protección con un período de sesenta días para que se realizaran los pagos. Después de tres meses de recordatorios estándar de mi equipo de contabilidad y de dejar caer indirectas sutiles cada vez que veía a Brancourt de pasada, perdí la paciencia. Me enteré de que el cliente le había pagado, pero él no me había transferido el dinero, y sabía dónde bebía por las noches, así que fui al pub para hablar con él. Ya saben lo que pasó después.

—¿Qué le dijo John esa noche?

—Me dijo que lo pagaría si llevaba el asunto a los tribunales, y que se aseguraría de que mi empresa nunca volviera a trabajar en la zona. Cuando no me eché atrás, me golpeó.

—¿Alguna vez recibió su dinero? —dijo Kay.

—Al final. Tuve que llevarlo a mi abogado, y aun así tuve que amenazar con retirar a mi gente y equipo de otro sitio en el que estábamos trabajando para Brancourt antes de que algo sucediera. —Hodges se tiró del lóbulo de la oreja—. Escuché un rumor de que Brancourt iba a retirar el equipo él mismo antes de que yo tuviera la oportunidad, pero creo que alguien debió hablar con él porque nunca llegó a eso.

—¿Ha trabajado alguna vez con John Brancourt desde entonces?

—No, y no soy el único. John Brancourt tiene la costumbre de cerrar todas sus puertas, detective Hunter. Me sorprende que aún siga en el negocio.

CARYS APARECIÓ en lo alto de las escaleras cuando Kay y Gavin regresaban de entrevistar al contratista de iluminación, con una expresión sombría en su rostro.

—Aún no hay señales de John Brancourt —dijo, uniéndose a ellos mientras entraban en la sala de incidentes. Señaló con el pulgar hacia la ventana y el cielo que oscurecía—. Y está haciendo más frío afuera.

—¿Investigaste sus finanzas con Amanda?

Carys levantó un fajo de documentos. —Por ahora se mantiene, pero encontramos una serie de sentencias históricas del Tribunal del Condado contra su negocio de hace diez años. Puede que al final les pagara a todos, pero tuvieron que llevarlo ante los magistrados para conseguir algo. No creo que hubieran visto su dinero de otra manera.

—Trabajemos con lo que tenemos mientras esperamos noticias sobre su paradero —dijo Kay—. ¿Está ayudando el equipo uniformado con la búsqueda?

—Hay media docena de patrullas locales buscando en sus lugares habituales, jefa. He hablado con su esposa y nos ha dado una lista de lugares donde podría estar. Obviamente está preocupada. Dijo que es completamente fuera de lo común que desaparezca así.

Kay llenó un vaso con agua del dispensador junto a la ventana y se acercó a la pizarra blanca, el ruido del equipo disminuyendo mientras se reunían a su alrededor, un aire de expectación llenando el espacio. Se volvió para enfrentarlos.

—Hablando con el contratista al que Brancourt agredió hace diez años, parece que el padre de Damien tiene un historial de no pagar a sus proveedores y tomar el equipo de otras personas si no puede reunir el dinero a tiempo para evitar que lo recuperen. Eso me hace pensar que no fue idea de Damien robar el cable de cobre del Edificio Petersham, sino de John.

Gavin frunció el ceño. —Me pregunto cómo lo convenció de hacer eso. Damien no tenía interés en el negocio de su padre, ¿no es eso lo que nos dijo Alexander Hill? Entonces, ¿por qué lo ayudaría?

—No lo sé. ¿Tal vez por un sentido de lealtad familiar?

—No lo veo, jefa —dijo Barnes—. No me imagino a John llevando a Damien hacia Maidstone para tomar su tren y luego diciendo "ah, por cierto, hijo, ¿te importa si nos desviamos y robamos algo de cable de cobre antes de que te vayas de vacaciones".

Risas ahogadas siguieron a su sugerencia, y Kay levantó la mano para silenciar al equipo.

—Cuando lo pones así, parece inverosímil, pero ¿y si Damien tuviera una razón para aceptarlo?

Carys bajó la mirada cuando su teléfono móvil comenzó a sonar.

—Contesta —dijo Kay.

Esperó mientras la agente hablaba en voz baja antes de dar a Kay el pulgar hacia arriba.

—Tenemos a John Brancourt —dijo—. Lo han visto cerca de la presa en Lee Road en Yalding.

Barnes echó un vistazo a la lluvia que golpeaba las ventanas, luego se volvió hacia Kay. —Con este clima, tendrán que considerar abrir las compuertas para evitar que el embalse se inunde.

Kay ya se estaba moviendo hacia donde su chaqueta colgaba en el respaldo de su silla. —Tenemos que ir allá. No podemos permitir que John haga algo estúpido.

—¿Crees que podría? —dijo Barnes, atrapando las llaves del coche que Carys le lanzó y siguiendo a Kay fuera de la puerta.

—Está desesperado —dijo ella—. Y tiene culpa. No sé qué está pensando ahora mismo, pero no puede ser bueno.

Empezaron a correr.

CAPÍTULO 46

Las luces azules de dos coches patrulla se arqueaban en el cielo nocturno cuando Kay y Barnes atravesaron el pueblo para llegar al puente de piedra sobre el río Medway.

Un coche patrulla había conducido al otro lado del puente y estaba estacionado frente al pub en la orilla opuesta para bloquear el tráfico que venía de la estación de tren.

Aunque era pasada la medianoche, todavía había media docena de coches acorralados por los oficiales y la frustración de los conductores ansiosos por llegar a casa era palpable incluso desde donde Kay estaba, mientras uno por uno se les instruía dar marcha atrás y luego encontrar una ruta alternativa.

Se dirigió hacia el agente más cercano y levantó su placa en el haz de su linterna. —¿Dónde está?

—Justo después de las puertas de seguridad, jefa. Una mujer de la casa de campo de allí lo reportó. Lo reconocí cuando llegamos. El pub cerró hace una hora, gracias a Dios.

—Gracias. —Kay estuvo de acuerdo con su sentimiento. No necesitaban un montón de clientes ebrios mirando boquiabiertos la escena. Se asomó por encima del parapeto—. ¿Hay alguna forma de bajar allí?

El agente se giró y barrió el camino con el haz de su linterna.

—Esa es la única ruta hacia la orilla del río, a través del aparcamiento. El otro lado es un precipicio y lo vallaron hace unos años.

Kay entrecerró los ojos hacia la oscuridad más allá, luego señaló el puente más pequeño sobre las compuertas del dique donde John Brancourt estaba de pie como hipnotizado por el agua.

—¿Y eso va hacia la Teapot Island, verdad?

—Sí, jefa. Hay una tercera patrulla allí manteniendo a los residentes del puerto deportivo alejados del puente.

—¿Cómo demonios pasó por las puertas de seguridad y llegó al puente?

—Cizallas, supongo, jefa. Su furgoneta de trabajo está aparcada allí. Estuve aquí almorzando en el pub durante el verano y había unos candados enormes en las puertas en ese entonces.

—Vale, buen trabajo. Barnes, vamos a dar un paseo hasta allí a ver si podemos hacer entrar en razón a Brancourt. Evitaremos la puerta por ahora en caso de que entre en pánico al vernos tan cerca.

Les llevó más tiempo del que Kay anticipó llegar a la orilla del agua, con la hierba resbaladiza bajo sus pies por la lluvia que empapaba el paisaje. Una vez que estuvo segura de que no iba a caerse, Kay se protegió los ojos y entrecerró la mirada hacia el puente en la distancia.

—¿Qué está tramando? —dijo. Se llevó las manos a la boca y gritó—: ¡John! ¿Por qué no vuelves al camino y hablamos? ¿Te parece una buena idea?

Como respuesta, Brancourt apoyó las manos en la barrera metálica y se inclinó hacia adelante, mirando fijamente el agua.

Barnes señaló con la barbilla el agua oscura.

—Se rompería el cuello si saltara ahí. Es demasiado poco profundo. En el mejor de los casos, se rompería las piernas.

—Y hay corrientes ocultas. Mira, puedes ver cómo el agua forma remolinos.

Observó el remolino circular mientras fluía más allá de su posición antes de desaparecer bajo los arcos del puente, lamiendo los pilares de piedra y luego saliendo disparado por el otro lado.

De repente, un rugido cortó el aire, y Kay se giró para ver cómo las compuertas del dique comenzaban a elevarse, liberando agua del embalse superior en una cascada que bramaba a través del aire nocturno mientras caía en las aguas poco profundas.

—¡Atrás! —dijo Barnes, agarrando su mano y tirando de ella lejos de la orilla del agua.

Sus pies se deslizaron en el barro blando de la orilla del río mientras intentaban alejarse apresuradamente del flujo, con espuma blanca brotando de las compuertas de hormigón y acero.

Kay apretó su agarre sobre Barnes mientras sus botas se hundían en el suelo, desequilibrándola mientras luchaba contra una creciente marea de pánico que la envolvía.

El nivel del agua ya le lamía los talones.

—Dame tu otra mano.

Ella extendió la mano a ciegas, sus dedos rozando los de él antes de encontrar aire, y luego un momento después él la tenía agarrada, arrastrándola fuera del barro centímetro a centímetro.

—Mierda —dijo Kay mientras Barnes la subía al

camino de asfalto por encima del río. Miró hacia abajo al agua furiosa y arremolinada—. ¿Quién demonios hizo eso?

—Son automáticas. Tan pronto como el embalse de aquí arriba alcanza cierto nivel, las compuertas se abren. Es por eso que hubo algunos casi ahogamientos con niños que fueron sorprendidos el verano pasado. Nadie presta atención a todos los malditos carteles de aquí.

—¿Dónde está John?

—Allí.

Miró hacia donde él señalaba y jadeó cuando el hombre comenzó a trepar por encima de la barandilla de seguridad sobre las compuertas del dique.

Caminando tan rápido como se atrevía, se movió desde el banco de hierba hasta el puente, se acercó a la puerta de seguridad y luego se detuvo. Se quitó una goma elástica de la muñeca y se ató el pelo, luego entrecerró los ojos hacia Barnes a través de la lluvia horizontal que azotaba el puente.

Su expresión era incrédula.

—¿No estarás pensando seriamente en saltar para salvarlo si se tira, jefa? —Se asomó por la barandilla hacia el torrente rugiente de abajo—. Eso está pasando por ahí a algo así como diez toneladas por segundo.

—No podemos dejar que se haga daño.

—Jefa, si salta ahí va a estar muerto en segundos, y tú también.

Kay apretó los dientes.

Más allá de su posición, podía ver la silueta de John Brancourt vacilando al borde de la barandilla como si estuviera hipnotizado por el agua turbulenta.

—Tengo que intentar algo. Quédate aquí. No dejes que nadie pase por esta puerta a menos que pida ayuda, o nos caigamos al agua.

Sin esperar una respuesta, se deslizó por el hueco, se metió las manos en los bolsillos y se dirigió hacia Brancourt esperando transmitir un aire de indiferencia.

Su corazón dio un vuelco.

Solo había tenido que lidiar con un caso de suicidio antes en su carrera policial, y el recuerdo de aquello amenazaba con volver a surgir, demasiado claro en su mente.

Sacudió la cabeza para aclarar sus pensamientos, inhaló el aire frío y claro de la noche, y cuadró los hombros.

Se detuvo a unos pasos de John, consciente de que él la había visto pero no se había movido.

Eso le dio esperanza.

—Vaya por Dios, John. Hace un frío que pela aquí

arriba. —Kay observó la pronunciada caída y luego se volvió hacia Brancourt—. ¿Qué está haciendo? Annabelle está muy preocupada por usted.

—Solía traerlo a pescar aquí cuando era niño —dijo él—. Le encantaba. Claro, eso fue antes de que pusieran todas estas barreras de seguridad. No las necesitábamos entonces. Nos cuidábamos los unos a los otros.

Kay trató de ignorar el viento cortante que mordisqueaba su ropa mojada. —¿Qué pasó, John?

Como respuesta, él negó con la cabeza.

—¿Discutieron?

Él cambió de postura, y Kay luchó contra la bilis que le subía por el estómago.

—John, por favor, hágalo por los gemelos y por Annabelle.

Él bajó la barbilla, con gotas de lluvia corriendo por su rostro y goteando desde la punta de su nariz.

Tal era la ferocidad del aguacero que Kay tardó un momento en darse cuenta de que el hombre estaba llorando. En dos pasos, estaba a su lado, con la mano sobre su brazo.

—John, sea lo que sea que haya hecho, esto no ayudará. Esto no le dará a su familia las respuestas que necesitan. No lo haga. Por favor.

Él se desplomó contra su peso, y ella extendió la

mano para llevarlo a un lugar seguro, temblando mientras lo persuadía a cruzar la barrera metálica, y luego hizo señas a Barnes y a un oficial uniformado para que la ayudaran antes de volverse hacia Brancourt.

—Vamos. Llevémosle a un lugar cálido y seco. Es hora de que tengamos una charla.

CAPÍTULO 47

Barnes se aseguró de que la calefacción estuviera al máximo mientras seguían las luces traseras rojas del coche patrulla que se dirigía a toda velocidad hacia Maidstone con John Brancourt dentro, el vapor de su ropa mojada empañando el parabrisas.

Kay insistió en que se fuera a casa y se secara tan pronto como la dejara en la comisaría, y luego encontró a Gavin y Carys esperándola en la sala de incidentes, armados con una botella de brandy que había sobrado de la fiesta de Navidad y que habían encontrado escondida en el fondo de un archivador.

—¿Estás bien?

Kay se volvió al oír la voz de Sharp, su preocupación era palpable mientras recorría con la mirada su cabello mojado y su ropa empapada.

Ella asintió en respuesta, aún sin estar segura de que sus dientes no castañetearían si intentaba responder a pesar del sorbo de brandy que había tomado, y luego hundió los hombros más profundamente en la gruesa manta de lana que Hughes había localizado en el botiquín de primeros auxilios.

Ignoró el té dulce que Gavin había colocado a su lado, demasiado asustada de quemarse los dedos entumecidos en la taza de porcelana caliente. A su lado, sus botines a la altura del tobillo dejaban charcos de agua en la alfombra, el papel de periódico arrugado que se había colocado dentro de cada uno aún no surtía efecto.

Los hombros de Sharp se relajaron y le entregó una bolsa de lona. —Me tomé la libertad de ir a tu casa y pedirle a Adam que te preparara algo de ropa seca. Ve a darte una ducha caliente abajo y estate lista en veinte minutos para entrevistar a John Brancourt. Supongo que quieres estar presente, ¿verdad?

—Así es. Gracias, jefe.

—No hay problema. —Le guiñó un ojo—. Aunque debo advertirte que tendrás que dar algunas explicaciones cuando llegues a casa.

—Me lo imagino.

—Venga, ve, antes de que te dé una pulmonía o algo así.

Kay no esperó a que se lo dijeran dos veces. Se arriesgó a tomar un sorbo de té antes de bajar al vestuario de mujeres, teniendo cuidado de no estornudar hasta que la puerta estuviera firmemente cerrada tras ella por temor a alarmar aún más a sus colegas.

Se quitó la ropa mojada, sacó un par de pantalones de traje limpios, un jersey de cachemir y una camiseta de manga larga de algodón de la bolsa de lona y los colgó sobre el radiador para calentarlos, y luego abrió el neceser que Adam había empacado y sacó champú y jabón.

No era fan de las duchas del trabajo y a menudo pensaba que eran frías y necesitaban baldosas nuevas, pero treinta segundos después de estar bajo el agua humeante, suspiró de placer.

Una sensación de hormigueo comenzó en sus dedos de los pies y subió por su cuerpo a medida que la circulación comenzaba a calentar sus extremidades y suspiró de alivio mientras se secaba y se vestía.

Se puso el jersey por la cabeza, se recogió el pelo y se aplicó un poco de maquillaje, y luego se tomó un momento para sentarse en el banco y ordenar sus pensamientos.

—Malditas familias —murmuró.

SHARP TERMINÓ de dar instrucciones a Carys y Gavin en la sala de observación y luego se volvió hacia Kay y arqueó una ceja.

—¿Vamos?

Ella asintió en respuesta y lo siguió por el pasillo hasta la sala de interrogatorios.

Kay había visto a muchos hombres destrozados en su vida, pero ninguno le había provocado la misma sensación de melancolía que sintió al tomar asiento frente al abogado y mirar a su cliente.

El sargento Hughes se había asegurado de que John Brancourt recibiera el beneficio de una ducha caliente y un cambio de ropa mientras el equipo esperaba la llegada de su abogado, y ahora el acusado estaba sentado a un lado de la mesa metálica con las manos envolviendo una taza humeante de café, con la mirada baja.

Recitó la advertencia formal, pero no perdió tiempo en cortesías.

—Estoy cansada de que me mientan, John. Cada vez que hemos hablado durante las últimas tres semanas, me ha sorprendido con algo nuevo. Retiene información con la idea equivocada de que lo va a proteger.

—Estoy tratando de proteger mi negocio. Necesito cuidar de mi familia.

Giró la pantalla del portátil hacia Brancourt. —Este es el video de vigilancia de Sittingbourne Road de la noche que Damien desapareció —dijo—. Además de esto, he tenido a un equipo de oficiales revisando las grabaciones en Heathrow durante las veinticuatro horas anteriores al vuelo de Damien. Son cinco terminales, los estacionamientos, las zonas de descarga y las salas de espera del aeropuerto, pero no hay señales de Damien. Nunca llegó a Heathrow. Nunca tomó un tren desde Maidstone East.

Cerró el portátil de golpe, y Brancourt se echó hacia atrás sobresaltado.

—¿Qué pasó, John?

Brancourt continuó mirando fijamente la mesa.

Kay contuvo su impaciencia. —Debió ser un golpe tremendo cuando se enteró de que estaba hablando con Hill sobre una oferta de trabajo.

—No lo supe hasta que usted me lo dijo. Lo mantuvo en secreto.

—Pensé que usted y Damien no tenían secretos.

Brancourt se movió en su asiento y luego miró

fijamente el café que se enfriaba en la taza que sostenía, pero no dijo nada.

—¿Por qué Damien cambió de opinión sobre hacerse cargo del negocio familiar?

Esta vez, los ojos de Brancourt se encontraron con su mirada y ella pudo ver la profundidad del dolor que lo atormentaba.

—Me dijo cuando lo dejé esa noche que nunca más trabajaría para mí.

—¿Por qué?

—Debo muchos favores.

—Esa impresión nos dio. El negocio no va tan bien como nos ha estado diciendo, ¿verdad?

Brancourt soltó una risa amarga. —No tienen ni idea de la mitad.

—Cuénteme.

—No puedo.

—John, si no nos dice quién lo está amenazando, no podemos ayudarlo.

—Lo sé. —Apartó la taza de café y se desplomó en su asiento—. Es mi culpa. Engañé a la gente, no les pagué cuando debía. Al final, ninguno de los contratistas legítimos quería trabajar conmigo. Me quedé con lo peor.

—Aun así tenía opciones, John. No tenía que emplear a criminales.

—Tengo dos hijos más que mandar a la universidad. No puedo ayudar con su educación si el negocio quiebra, ¿verdad?

—Solo usted es responsable del estado de tu negocio —dijo Sharp—. Nadie más.

—¿Robó el cableado de fibra óptica que desapareció? —dijo Kay.

Él se encogió de hombros. —Sí.

—Pero consiguió nuevo cableado cuando Alex Hill se enteró de que había desaparecido y el cronograma estaba en riesgo. ¿Cómo se benefició del robo si al final tuvo que reemplazarlo?

—Porque lo conseguí muy barato. Obtuve ganancias. —Parpadeó—. Todo ayudaba. Cualquier cosa que pudiera ahorrar o escatimar, la usaba para pagar mis deudas.

—No ahorró ni escatimó, John. Robó a gente honesta y trabajadora. —Kay pasó una página en la carpeta—. ¿Es por eso que volvió a robar el cable de cobre también?

Brancourt frunció el ceño. —Nunca robé ningún cable de cobre. No podría, aunque quisiera. Todavía estaba activo.

—En el puente esta noche, recordó los momentos que pasó con Damien cuando era niño. Me dio la impresión de que realmente le importaba tu familia.

Esas no eran lágrimas de dolor, ¿verdad, John? Era el conocimiento de que lo habían descubierto. Era el conocimiento de que todo había terminado. Era miedo.

—No tuve nada que ver con la muerte de Damien.

—¿Adónde lo llevó?

—Mire. Tal vez no le conté toda la historia. —Sus ojos se desviaron hacia la izquierda y luego volvieron—. Cenamos temprano en casa. Todos nosotros. Se suponía que iba a dejar a Damien en la estación, y entonces Christopher preguntó si podía venir también. Le gusta ir a la sala de juegos del centro de la ciudad.

—Es menor de edad.

—Es alto para su edad.

—Entonces, ¿los dejó a los dos…?

—Detrás del Edificio Petersham. Estaba más cerca de la sala de juegos, ¿sabe?

—¿Era Christopher el "amigo" que mencionó?

—Sí.

—¿Por qué mentirnos?

—Sabía que estaba apostando. No quería que se metiera en problemas. Es solo un poco de diversión para él, ¿entiende?

—¿Y luego qué pasó?

—Nada. Los dejé y me fui a casa.

—¿Cómo llegó Christopher a casa?

—En autobús, supongo.

—¿Supone? ¿A qué hora llegó?

—No lo sé. Sobre las once, creo. No estoy seguro.

Exasperado, Sharp sacó la fotografía del cuerpo momificado de Damien del expediente y se la mostró a Brancourt. —Estamos tratando de encontrar respuestas sobre por qué su hijo fue electrocutado mientras robaba cable de cobre, John. Estamos tratando de averiguar quién metió su cuerpo en una cavidad del techo y luego escondió su equipaje.

Brancourt pasó una mano temblorosa sobre la fotografía. —No. No…

Alarmada, Kay miró a Sharp y luego de vuelta a Brancourt. —¿John? John, ¿qué pasa?

—Christopher —susurró—. ¿Qué has hecho?

CAPÍTULO 48

—No lo entiendo.

Annabelle Brancourt destrozaba el pañuelo de papel entre sus dedos y sacudía la cabeza. —Esto no puede estar pasando.

—Necesitamos hablar con Christopher, señora Brancourt. Ahora.

Kay recorrió con la mirada la revista brillante que yacía abierta sobre la mesa de la cocina, sus fotografías preparadas mostraban una vida perfecta que era imposible para muchos.

Ignoró a los dos oficiales uniformados que se mantenían en la puerta, con sus radios crepitando, y jaló una silla junto a la mujer. —Hemos estado hablando con John en la comisaría, Annabelle. Ha confirmado que llevó a Christopher con él cuando le dio un aventón a Damien a la estación de tren el pasado junio.

—Eso no significa nada.

—Tal vez no, pero necesitamos eliminar a Christopher de nuestras investigaciones.

—No, eso no está bien. Él idolatraba a Damien.

—Creemos que por eso fue al Edificio Petersham con él —dijo Kay—. Damien nunca planeó ir a Nepal, Annabelle. Todo fue una artimaña desde el principio. Quería un nuevo comienzo y necesitaba dinero para eso.

—¿Quiere decir que no quería estar con nosotros?

—No quería la responsabilidad de hacerse cargo del negocio. No después de lo que John le había hecho. No creía que hubiera un futuro para él allí, y estaba tratando de distanciarse del nombre de la familia. Es por eso que había estado hablando con Alexander Hill sobre un trabajo. Probablemente era uno de los muchos planes que estaba contemplando para tratar de empezar por su cuenta.

Annabelle se secó los ojos manchados de máscara de pestañas, luego extendió la mano y enrolló sus dedos alrededor del tallo de su copa de vino medio vacía.

—Siempre fue un desagradecido —dijo.

Bebió el resto del vino tinto de un trago y luego colocó la copa sobre la mesa con tanta fuerza que el tallo se rompió entre sus dedos.

Kay echó un vistazo a la sangre que brotaba de los cortes y empujó su silla hacia atrás. —Carys, una toalla. Colgada en el frente del horno.

Extendió la mano hacia la mano de Annabelle, girándola suavemente para poder evaluar el daño.

—Tiene suerte. Son cortes superficiales. —Tomando la toalla que Carys le tendía, envolvió la mano de la mujer—. Mantenga la mano en alto un rato para detener el sangrado. No creo que necesite suturas.

—Gracias.

—¿Dónde está Christopher ahora?

—Arriba, en su habitación, por supuesto.

—Necesita indicarme.

Annabelle apretó la toalla alrededor de su mano y empujó su silla hacia atrás. —Vamos, entonces.

Condujo el camino hacia el pasillo y luego subió las escaleras hasta un amplio descansillo.

Cuando Kay llegó al último escalón, una puerta en la parte trasera de la casa se abrió y Bethany se asomó, con los ojos muy abiertos.

—¿Qué está pasando, mamá?

—Nada. Vuelve a la cama.

—¿Dónde está papá?

—Ocupado.

Bethany se detuvo un momento y luego se alejó, dejando la puerta entreabierta.

—¿Cuál es la habitación de Christopher?

—Esta. La del frente.

Annabelle cruzó la gruesa alfombra y golpeó la puerta. —¿Christopher? La policía está aquí.

Carys levantó una ceja hacia Kay en el silencio que siguió.

—¿Christopher?

Annabelle golpeó una vez más, luego giró el pomo de la puerta y encendió el interruptor de la luz.

Kay echó un vistazo a la expresión sorprendida de la mujer y giró sobre sus talones.

Mientras corría por el rellano, apareció Bethany, con una gruesa bata sobre el pijama.

—Está afuera —dijo.

—¿Afuera?

La estridente respuesta de su madre hizo que la adolescente se estremeciera.

—Lo vi.

—¿Adónde fue, Bethany? —Kay mantuvo su voz suave, sin querer alarmar más a la chica.

—Al jardín. Lo vi por la ventana.

—Carys, conmigo.

Bajó las escaleras a toda prisa, rodeó el poste de la escalera sin detenerse e hizo una señal a los dos oficiales.

—Denme una linterna. Quédense aquí por si vuelve. Vamos al jardín.

Oyó el amortiguado "sí, señora" mientras abría la puerta principal de un tirón, y luego corrió por el camino de grava hacia el jardín trasero, el paisaje irreconocible en la oscuridad.

—¿Adónde crees que fue? —dijo Carys.

Kay recorrió el borde de la propiedad, sus ojos siguiendo un gran seto que iba desde la casa y bajaba por el lado derecho hasta que se desvanecía cerca del bosquecillo.

Empezó a caminar hacia la zona arbolada, y luego se detuvo en la base del gran roble y levantó la barbilla.

Sobre ella, subiendo por una escalera que parecía que se iba a desmoronar en cualquier momento, estaba la casa del árbol.

—Está ahí arriba —murmuró Kay.

Carys estiró el cuello para seguir su mirada, y luego dio un paso atrás. —¿Vas a subir?

—Será mejor que lo haga. Espera aquí.

Se metió la linterna en el cuello de la chaqueta, agarró los lados de la escalera y empezó a subir.

Era más alta de lo que pensaba.

Cuando llegó arriba, el viento le azotaba el pelo y la empujaba contra el suelo de la casa del árbol.

Sacó la linterna y la paseó por el escondite de madera.

Unos ojos negros como el carbón la miraron desde la penumbra, y ella bajó el haz de luz.

—¿Christopher?

—Lo arruinó —dijo el adolescente, con la voz llena de rabia—. Lo arruinó todo.

La escalera se tambaleó bajo el peso de Kay y ella contuvo la respiración, negándose a mirar hacia abajo. Si el frágil armazón se derrumbaba, no tendría forma de amortiguar la caída.

—¿Fue idea de Damien robar el cable de cobre? —dijo.

—Por supuesto que sí. Yo ni siquiera sabía que estaba allí.

—¿Por qué fuiste?

—Porque me lo pidió. —La voz de Christopher adquirió un tono desesperado.

—Y harías cualquier cosa por tu hermano, ¿verdad? —dijo ella.

—Sí.

Fue poco más que un susurro.

—Tu madre está muy preocupada por ti.

—A ella nunca le agradó Damien.

Kay se agarró a la parte superior de la escalera, sorprendida por su confesión.

—¿Ah, no?

Hubo un movimiento en las sombras, y luego apareció Christopher.

—Tienes que tener cuidado. Papá debía arreglar esta escalera el verano pasado.

—Gracias.

Él se encogió de hombros y apartó la mirada; un tic tímido que le rompió el corazón.

Aprovechó la oportunidad para subirse a la casa del árbol, puso la linterna en el suelo y luego se dio la vuelta y se concentró en la vista.

Más allá del bosque, el sol empezaba a asomarse por el horizonte.

—¿Por qué no le agradaba Damien a tu madre, entonces?

—Decía que era un desagradecido.

—¿Lo era?

—No. Solo estaba cabreado porque papá no dejaba de estropear las cosas con el negocio.

—¿Es por eso que no quería hacerse cargo?

—Sí. Dijo que no valía nada. Nadie quiere

trabajar con papá tal como están las cosas. Nadie respetable, al menos.

—¿Te acosaban en la escuela?

Christopher se abrazó las rodillas y miró al suelo.

—Papá siempre olvida que cuando hace algo, nos hace quedar mal a todos también. Bethany se mete en problemas en la escuela porque siempre se meten con ella. Las chicas son peores que los chicos. Incluso mamá se vio afectada. Le gustaba jugar al bádminton en un club con sus amigas hasta hace unos dos años. Tuvo que dejarlo porque papá les debía dinero a los maridos de sus amigas.

—¿Cómo sabía Damien lo del cableado de cobre?

—Solía ir a las reuniones del sitio con papá.

—¿Cómo entraron al lugar? Tenía una empresa de seguridad cuidándolo.

—Resulta que papá no era el único que recortaba gastos. Cuando llegamos, no había nadie alrededor.

—¿No había guardias de seguridad?

—No. Supongo que ellos también se estaban quedando con parte de las ganancias.

Kay se giró sobre sí misma para quedar frente a Christopher en la tenue luz de la linterna.

—¿Cómo entraste?

—Damien tenía una llave de repuesto. Debió haberla hecho sin que papá lo supiera. Le pregunté, pero no me lo quiso decir. Ya estaba enojado conmigo para entonces.

—¿Por qué?

—Porque quería saber a quién le iba a vender el cable de cobre. Me dijo que dejara de hacer tantas preguntas.

—¿Te pegó?

Christopher bajó la mirada y luego asintió.

Kay suspiró. —¿Qué pasó cuando quitaron el contrapiso para llegar al cable de cobre?

Christopher tragó saliva, su rostro desprovisto de color. —Damien levantó las tablas. Ya no hablábamos mucho para entonces. Creo que estaba deseando no haberme pedido que lo ayudara. No creo que estuviera prestando atención. Cuando entramos al edificio por primera vez, me dijo que no presionara ningún interruptor de luz porque la energía estaba conectada. —Se estremeció—. Me di la vuelta, solo por un segundo. Estaba buscando otra linterna para que pudiéramos ver dentro del hueco.

Una lágrima solitaria rodó por su mejilla. —Creí que le había recordado lo de la electricidad, de verdad que sí.

—¿Qué pasó después? —dijo Kay.

Christopher usó la manga de su camisa para limpiarse los ojos. —Hubo un sonido. Como un jadeo, luego un golpe seco. Toda la electricidad se cortó. Me quedé ahí parado. No sé por cuánto tiempo. Estaba demasiado asustado para darme la vuelta y mirar. Y luego me di cuenta de que tenía que moverme. Tenía que hacer algo.

—Encubriste la muerte de tu propio hermano — dijo Kay.

Christopher asintió.

—¿Por qué no lo reportaste? —dijo ella—. ¿Por qué escondiste su cuerpo?

—Porque entré en pánico. No sabía qué más hacer. Él... estaba muerto, no había energía en el edificio, así que arrastré a Damien por el suelo hasta que cayó dentro de la cavidad y la sellé de nuevo.

—¿Qué planeabas hacer en abril cuando no apareciera?

—Supongo que podría haber desaparecido allá afuera. La gente lo hace todo el tiempo, ¿no? Simplemente desaparecen sin dejar rastro.

—¿Qué hiciste con su equipaje?

En respuesta, un sonido de arrastre llegó a sus oídos cuando él se giró y sacó una bolsa de lona del rincón de la casa del árbol.

—Me dijo que la guardara mientras iba a comprar cigarrillos antes de entrar al edificio —dijo.

—¿Tu hermana no se preguntó por qué estaba aquí?

—Bethany ya no sube aquí.

—¿Por qué no?

—Le dije que el lugar estaba infestado de arañas.

Kay tragó saliva. —¿Lo está?

—No. Solo se lo dije para mantenerla fuera de aquí. —Apoyó una mano sobre la bolsa—. No sabía qué más hacer con esto.

—Pásala hacia acá.

Kay detuvo la bolsa con una mano, luego la abrió y alumbró con su linterna en el interior.

El cortaalambres brilló con la luz del haz, y mientras hurgaba debajo, sacó un pasaporte.

—No te desasiste de nada.

—No.

Kay cerró la cremallera de la bolsa. —Mira, no me llevo muy bien con las alturas —dijo ella—. ¿Te importa si terminamos esta conversación en algún lugar a nivel del suelo?

—¿Estoy en problemas?

—No te voy a mentir. Haré lo que pueda, pero...

Observó cómo se arrastraba torpemente por las tablas de madera que formaban el suelo de la casa del árbol y luego extendía las piernas frente a él.

—No fue mi intención. Estaba asustado.

—Lo sé. Ahora, ¿te importaría mostrarme la mejor manera de bajar de aquí? De verdad no estaba bromeando sobre mi problema con las alturas.

Cinco minutos después, Kay estaba al pie del árbol mientras un oficial uniformado llevaba a Christopher a través del césped hacia la entrada donde esperaba un coche patrulla.

—¿Qué pasará con él? —gritó Annabelle desde donde estaba junto a Carys.

Kay se unió a ellas. —Le dije a Christopher que haría lo que pudiera, señora Brancourt, pero es posible que la Fiscalía de la Corona presente cargos por homicidio involuntario. También está el asunto de ocultar el cuerpo de Damien; el cargo que probablemente presentarán se llama negar un cuerpo al forense. Dependiendo de cómo vean las circunstancias que llevaron a la muerte de Damien, es posible que también lo acusen de intento de robo.

—Dos hijos —susurró Annabelle—. ¿Ahora a quién le dejará John el negocio? Estaremos acabados.

La atención de Kay fue captada por un movimiento en una ventana de la planta baja de la casa, una cortina que volvía a su lugar.

—Tiene una hija —dijo—. Tal vez cuando todo esto termine podría pensar en romper con la tradición y pasárselo a ella.

Annabelle se envolvió con su abrigo y pateó una piedra suelta en el camino. —¿Tiene usted una hija, detective Hunter?

Kay se giró para que la otra mujer no pudiera ver su rostro, y luego comenzó a alejarse.

—No —dijo—. La perdí.

CAPÍTULO 49

Kay bajó del asiento del copiloto del vehículo todoterreno de Adam, el viento azotando su cabello contra su rostro y haciendo que le picaran los ojos.

La siguiente ráfaga trajo consigo el sonido de las campanas de la pequeña iglesia en Shepway, celebrando la ceremonia de boda de media mañana que habían pasado de camino.

Había recibido una llamada telefónica de Barnes hace una hora, actualizándola desde la sala de incidentes con la noticia de que la Fiscalía de la Corona había confirmado que acusarían a Christopher Brancourt por ocultar la verdad sobre la muerte de su hermano, y que Sharp había enviado al resto del equipo a casa para el fin de semana para asegurarse de que estuvieran completamente descansados antes de lo que se esperaba que fuera una semana ocupada por delante mientras llevaban a cabo una investigación sobre los negocios de Mark Sutton.

—Tómate el día libre, Kay —había dicho—. Lo tengo todo bajo control. Pasa algo de tiempo con Adam; apenas se han visto estas últimas semanas con este caso y todo lo demás.

Kay había intentado discutir con él, pero el oficial no quería saber nada. Sonrió al recordarlo: Barnes era un buen amigo, y también lo respetaba como colega.

Y, tenía que admitirlo, tenía razón.

Cerró la puerta de golpe cuando Adam se unió a ella, con un ramo de flores en la mano.

—Toma esto, iré por las tijeras de podar —dijo.

Ella inhaló el dulce aroma de los claveles de colores brillantes mientras Adam rebuscaba bajo los asientos antes de salir y cerrar las puertas.

—¿Vamos? —Entrelazó sus dedos con los de ella y se rio por lo bajo—. Helados como siempre.

—Debería haberme puesto guantes.

A pesar de ser media mañana, su aliento se empañaba mientras caminaba junto a Adam, sus botas crujiendo sobre la superficie de grava del estacionamiento. Una débil luz solar daba al cielo un tono deslavado y Kay se estremeció mientras se subía la bufanda sobre el cuello del abrigo para protegerse de la fría brisa.

El espeso cabello negro de Adam se alborotaba con el viento, y por un momento ella se quedó en silencio, contenta con su compañía y aliviada de que él estuviera aquí para acompañarla.

Sabía que no podría hacer esto sola, no hoy.

El dolor fluía y refluía dentro de ella, un dolor sordo que le oprimía el pecho algunos días y se reducía a un zumbido constante el resto del tiempo. Aceptaba que nunca se desvanecería por completo, y de hecho temía la idea de que alguna vez dejara de sentir ese dolor.

Como si sintiera sus pensamientos, Adam le apretó la mano, el calor de sus dedos envolviéndola.

No dijo nada, las palabras eran innecesarias.

Cuando se había recuperado, cuando había vuelto al trabajo por primera vez para encontrarse inmersa en la pesadilla de perseguir a un asesino antes de que otra adolescente muriera, él finalmente le había contado lo que había sucedido.

Kay había alejado los recuerdos menos dolorosos, y el resto se había perdido en una mente que se negaba a contemplar lo que podría haber sido.

Adam, por otro lado, había sido quien le sostuvo la mano en la parte trasera de la ambulancia, negándose a dejar que los trabajadores de emergencia se la llevaran sin él.

Adam había sido quien se había acurrucado en el suelo de la sala de espera del hospital, exhausto e inseguro de si su pareja y su hija sobrevivirían.

Adam había sido quien se había derrumbado con un alivio teñido de una desolación que lo había atormentado durante meses cuando el cirujano lo encontró a las tres de la mañana para decirle que Kay había sobrevivido, pero su hija no.

Con el tiempo, habían sanado juntos, la pérdida de su hija era una carga que habían soportado como tantas otras familias antes que ellos.

Kay se detuvo en seco, haciendo que Adam se detuviera repentinamente.

Él se volvió para mirarla. —¿Qué pasa?

Ella se puso de puntillas y lo besó. —Te amo.

Él la envolvió en un abrazo, enterrando su rostro en su cabello. —Yo también te amo.

Ella se apartó, se secó los ojos que le escocían, y luego volvió a tomar su mano. —Vamos.

El clima más frío había atrofiado el crecimiento del césped del cementerio, y se podía encontrar fácilmente un camino entre las lápidas de seres queridos perdidos en el tiempo.

Kay contuvo la respiración mientras se acercaba,

el peso en su pecho envolviéndose alrededor de su corazón mientras la simple lápida de la tumba de su hija entraba en su campo de visión.

Los jardineros empleados por el ayuntamiento habían mantenido las malas hierbas a raya y eliminado los tallos marchitos de los ramos anteriores, y Adam se inclinó para arrancar un mechón rebelde de pasto que ocultaba su nombre.

Elizabeth Hunter-Turner.

—Llenaré esto con agua —dijo Adam, sosteniendo el jarrón de metal que había estado en la cabecera de la tumba—. ¿Estarás bien sola un momento?

—Sí.

Ella esbozó una leve sonrisa mientras él se alejaba hacia una toma de agua al final de la hilera de lápidas, luego volvió a mirar la tumba de su hija.

—Hola, Lizzy.

Un suspiro entrecortado escapó de sus labios mientras se agachaba junto a la lápida y pasaba sus manos por la superficie lisa.

Se preguntó cómo habría sido pasar la mano por las manos de su hija, cómo habría sido cepillarle el pelo, la diversión que habrían tenido como familia.

En cambio, ella y Adam estaban desolados; sin hijos.

—Dios, cómo duele —susurró.

Sorbió cuando el sonido de pasos llegó hasta ella, y luego Adam se agachó a su lado y volvió a colocar el jarrón, ahora lleno, en su base.

Le dio un suave codazo. —He visto cómo eres con los cuchillos. ¿Quieres que corte yo las flores?

Kay soltó una risa entrecortada. —Sí. Adelante.

Quitó la banda elástica de los tallos y se los tendió mientras él cortaba los extremos, y luego entre los dos arreglaron las flores, trabajando en silencio.

Cuando terminaron, Adam la ayudó a ponerse de pie y la envolvió en sus brazos.

Kay se acurrucó en el calor de su pecho, agradecida por su cercanía.

—Vamos a estar bien, Kay —dijo él—. Vamos a estar bien.

FIN

BIOGRAFÍA DEL AUTOR

Rachel Amphlett es una de las autoras de ficción criminal y thrillers de espías con más ventas del USA Today; y muchas de sus obras han sido traducidas en todo el mundo.

Sus novelas están disponibles en formato digital, impresos y como audiolibros en bibliotecas y tiendas minoristas, así como en su página web.

Rachel, una viajera entusiasta e investigadora privada por accidente, tiene ciudadanía australiana y británica.

Para más información sobre los libros de Rachel entra en: www.rachelamphlet.com.